古書堂事件手帖 4

～栞子與雙面的容顏～

三上 延

古書堂事件手帖4

～栞子與雙面的容顏～

三上 延

輕文學
Light Literature

序章

傍晚打烊時，突然發生餘震。

我正把收銀機裡的零錢挪到數銅板的盒子裡，就因為一開始的橫向晃動而停下手邊工作。垂掛在天花板底下的日光燈搖晃，老舊建築物發出難聽的吱嘎聲。店裡沒有其他人在。

橫向搖晃持續了好一會兒，不過收納舊書的書櫃倒是動也不動。多虧了前幾天用補強零件把書櫃固定在地板和牆上，舊書沒有掉落地上。我還在猶豫要不要離開建築物，地震就慢慢停了。

我轉開櫃台裡的收音機，正好在播放地震消息。震央在茨城縣。大概是有一段距離的關係，神奈川縣的震度不大。

我拿出手機開始寫電子郵件。

我是五浦大輔，在北鎌倉的舊書店文現里亞古書堂打工。自二〇一〇年的夏天開始，至今已經待超過半年了。

今天我一個人看店。這家店的主人——篠川栞子和妹妹一起去位於橫濱地標塔（Landmark Tower）裡的飯店參加堂姊的婚禮。栞子小姐二十五歲，比我大兩歲。今天早上交待我工作時，她難得穿上正式的米色洋裝搭配白色外套，也好好化了妝，更突顯了她白皙的肌膚和端正的輪廓，一下子吸引住我的目光。

不過她還是戴著鏡片厚重的樸素眼鏡。我問她：「不拿掉嗎？」她反問我為什麼要拿掉。她有模有樣的打扮只是為了參加婚禮，本人似乎並不喜歡。

現在這時間應該正在喝喜酒。聽說在高樓大廈的高樓層會搖晃得很厲害，我忍不住擔心婚宴會場會不會比五十年歷史的舊書店建築更危險。

寫電子郵件是為了確認她們是否平安。但是，在我傳送之前，我先收到了來信。寄件人不是店長栞子小姐，是妹妹篠川文香。

『我們家房子有沒有垮掉？這裡搖得很厲害，不過我們沒事，別擔心！』

看樣子她們很平安。我正鬆了一口氣，又收到一封新郵件。這次是栞子小姐寄來的。

『不要緊嗎？我們沒事。』

她們兩人沒必要各自寫信來吧？不過篠川姊妹打從三一一東日本大地震發生前沒多久，彼此間就有了隔閡，感情多少受到影響。

我分別回信告訴她們店裡沒事。收音機裡陸續傳來地震的消息。首都圈暫時停止的電車馬上又恢復運行，持續處理核電廠意外的工作人員也沒有受傷，據說也毋須擔心海嘯發生。

新聞內容轉到櫻花開花的預報時，我關掉收音機，回到算錢的工作。這時手機又收到郵件。又是栞子小姐寄來的。

『我是指大輔先生你。』

看了一會兒，我才注意到她想知道的是我是否安全。當然沒事──我回信。以春天來說，今天算很冷的一天。不過我覺得有些變暖了。

東日本受到大規模地震侵襲已經過了二十幾天，四月的現在仍會每隔幾天就發生餘震。這附近的傷害遠不及東北的災區，卻是我打出娘胎以來第一次遇到這麼大的地震。

地面開始搖晃的瞬間，我和栞子小姐一如往常地待在櫃台後側。我正拿著橡皮擦擦掉舊書上的字跡，突然發生微幅振動，橫向搖晃讓人幾乎無法直立。

之後的事情我只記得片段。等晃動停止，我回過神來時正跪在地上，雙手支撐著牆壁，全身緊繃。栞子小姐癱坐在我身體和牆壁之間僅有的空間裡。我護著從椅子上摔下來的她。

「你要不要緊？」

她說。白皙的臉頰比平常更缺乏血色。

「呃？一點事也沒有。」

說完後，我才注意到背部有點痛。原本堆疊在櫃台內側的書坍塌下來，大概有好幾本書的書角打到我。

「栞子小姐妳呢？」

「不要緊……可是，書……」

這種時候仍不忘記擔心書嗎？「書蟲」也該有個限度吧。我呆然地站起身環視店內後，啞口無言。

原本立在走道上的書櫃傾斜，大量舊書散落一地，照明也全都不亮，好像是停電了，走道比平常更昏暗。我感覺自己好像處於崩塌的洞穴前面。如果剛才有人在走道上的話……一想到這裡，我的背脊就發冷。

現在，文現里亞古書堂已經清理完畢。我們把散亂的舊書收進挺直站立的書櫃上，三天後再度開始營業。餘震的次數也比以前少了，最近幾天也沒有為了因應電力不足而實施分區停電。

連續幾天新聞上報導的輻射數值固然令人擔心，不過生活仍要繼續下去。我們居住的區域也逐漸恢復以往的模樣。

幸好我的家人和朋友也都沒事。栞子小姐也是。唯有她的母親情況不明。她的名字是篠川智惠子，聽說是個超越女兒的「書蟲」，不過她從十年前就行蹤不明，也不是現在才失蹤的。

地震發生的前幾天，一本舊書被交到栞子小姐手上，地點是在主屋的客廳，在場的外人只有我一個。

那本書是篠川智惠子留給栞子小姐的坂口三千代《Cracra日記》。照理說已經賣掉的那本書，輾轉交到妹妹文香手上，一直由她保管。書內的封底寫著「shinokawa@chieko-biblia.com」，似乎是篠川智惠子的電子信箱。

「爸爸暫時出院時交給我保管的。」

文香說：

「爸爸說了……他說『栞子有天也許會後悔自己賣掉這本書，到時候就把書還給她』。」

「……妳怎麼不早點拿出來？」

我代替沉默的栞子小姐開口。

「我不知道姊姊想要這本書……再說我也擔心如果就這樣把書還給姊姊，書有可能會被丟掉。」

我心想，她說得沒錯。幾乎沒有人知道栞子小姐在找這本書。知道的也許只有我一個。

「……小文，妳一直有寫信到這個電子信箱去吧？」

栞子小姐平靜地說。文香像是被按到痛處似地，皺著臉跑出了房間。我還在想怎麼回事，只見她抱著筆記型電腦回來。

「呃……」

看到畫面，我說不出話來。畫面上的郵件軟體視窗顯示著一整排已經寄出的郵件。她幾乎以一天一封的頻率持續寫信、寄信。

「大概是從去年開始……我會寫下當天發生的事情寄給媽。」

既然這樣，對方不就知道我們的動態了？不對，還有更值得擔心的事。

「有回信嗎……？」

我戰戰兢兢一問，文香很爽快地搖頭。

「沒有沒有。不過，我想媽或許多少想知道我們的情況。」

「妳沒必要稱呼她為媽。」

栞子小姐低聲說：

「那個人早就拋下我們離家出走了。」

「話是沒錯，但……」

「那種人沒有資格當母親。」

「妳也不需要說那麼重的話吧……她終究還是我們的母親啊。」

「……她不配。」

「不，媽也是不得已啊！」

「哪有什麼不得已！」

她們兩姊妹就這樣互不相讓，讓我好一陣子無法插嘴。

後來因為發生大地震，這件事就這麼不了了之，不過現在似乎仍有芥蒂。母親的話題是她們兩姊妹之間的禁忌。

總之，那本《Cracra日記》到了栞子小姐手裡。地震後，栞子小姐猶豫很久，寫了一句「我們很平安」的電子郵件寄過去，但似乎依舊沒有得到回應。

「真教人擔心。」我說。栞子苦笑著回答：「我認為她不是沒辦法聯絡。她就是這樣的人。」

雖然沒說出口，不過我心裡覺得有點不舒服。

篠川智惠子一年來只是不斷收著次女的來信，即使發生重大災害，也沒打算要主動關心女兒們是否安好。一般的母親無論如何都會有些表示才對。該怎麼做才能像這樣持續漠視呢？這個人的神經沒問題吧？我無法想像。

唯一可以確定的就是她不是「一般母親」。說起來也沒人知道她為什麼拋棄家人、離開這個家。就我所知，她這個人頭腦聰明，但教人摸不著頭緒。

隔著玻璃門可以看到夕陽染紅的月台。這家店就位在ＪＲ北鎌倉車站旁邊。電車就快來了吧。深色影子籠罩的屋頂底下站著大批乘客。

我默默數著收銀機的現金，此時電話鈴聲響徹店內。

「您好，這裡是文現里亞古書堂。」

我拿起話筒這麼說。電話那頭安靜了一會兒之後——

『喂？』

傳來熟悉的女性聲音。是栞子小姐打來的。

「怎麼了嗎？」

我問，同時想起剛剛的電子郵件。莫非她是擔心我，所以特地打電話回來？

「地震不要緊。妳現在不是正在喝喜酒？」

話筒那頭再度沉默了下來。她好像在外面，我聽到摻雜雜音的風聲。

『喝喜酒？』

「咦？我弄錯了嗎？今天不是妳堂姊……」

我緘口，覺得有點不對勁。舉行婚宴的飯店應該位在橫濱地標塔樓上才對，就算離開座位打電話，為什麼要特地離開建築物呢？

『我不在地標塔喔，我在其他地方。』

她的回答莫名地有精神。若是平常的她，除了書本之外，根本不會多說這些話。這麼說來，對方的聲音有點偏低。

我的背脊突然像冰一樣湧起寒意。現在和我說話的人真的是栞子小姐嗎？不對，我不認為有人的聲音能夠和她如此相似。

除非有深厚的血緣關係。

「您是哪位？」

我的聲音沙啞到連我自己都嚇了一跳。

『你是五浦大輔吧？』

「請回答我的問題。」

我舔了舔乾澀的嘴唇後，緩緩地接著說：

「您是篠川智惠子女士嗎？」

呵。我聽見帶著笑意的呼吸聲。果然沒錯。明明是我主動開口詢問對方的名字，卻覺得很不真實。

『你沒有想過可能是其他親戚嗎？』

「如、如果是……應該一開始就會自動報上姓名了。」

『你這理由是剛剛才想到的吧？你只是沒想到其他可能性罷了。』

完全說中。我驚慌失措，感覺好像一切都被看穿了。

『不過你有膽修正，這份勇氣很不錯。』

她稱讚我，我也不覺得高興。我打直腰桿深呼吸，試圖穩定情緒。

『用這種方式恢復冷靜也很重要。對了，女兒們也不在主屋吧？』

「……不在。」

『可惜。她們兩個過得好嗎？』

那語氣聽來像在打聽什麼八卦。我突然覺得生氣，腦中閃過琹子小姐談起母親時黯然的表情，以及篠川文香拿給我們看的大量電子郵件。

「……您至少該和她們聯絡吧？」

『你在說什麼？』

「我是說！這十年來，您在哪裡？做些什麼？」

大喊完，我才回過神來。如果她因此掛掉電話，恐怕再也不會打電話來了。而且我又不是他們的家人，對她發什麼脾氣呢？

「呃，我的意思是……您現在在哪裡？」

『日本。』

我因為這個瞧不起人的答案而怔住。這根本不算回答──不對，很難說。我的腦袋終於開始運轉。

「您之前都在國外嗎？」

『對，上個禮拜才回來。』

也就是栞子小姐寄出電子郵件之後。這段時期離開日本的人很多，回日本的人倒是不常見。

「那麼，您回來是為了和栞子小姐她們見……」

『不，是為了工作。』

我因為她立即的否定而啞然。

「工作？」

『當然，為了收購舊書啊，現在正是好時機。』

我不懂什麼叫做好時機，不過可以確定一件事。

「您現在在國外開舊書店嗎？」

『哎，差不多吧。』

她似乎沒打算詳細說明自己的近況，不過只要問她，她就會回答。我努力想著下一個問題。

不知道這場對話什麼時候會結束，不過我決定為了栞子小姐她們盡量多收集些資訊。

「您現在在日本的哪裡呢？」

平交道的警示聲突然響起。我用力把話筒貼近耳朵，以免漏聽她的答案。

『哎呀，你還沒發現嗎？』

什麼意思？電車行駛的聲音逐漸靠近，感覺比平常更吵。

「啊！」

我叫出聲。電車的聲音不只是從店外傳來，電話那頭也能聽見。

也就是說，篠川智惠子正位於能夠聽見這聲音的地方。

我抬頭注視玻璃門外頭。拿著手機的長髮女子正站在上行列車的月台上，身上穿著如黑影般的黑色外套與黑色長裙；長相看來有些年紀了，但遠遠看來和栞子相似到令人害怕。與其說那是栞子的母親，更有如邪惡的分身。

『你好，五浦大輔。』

篠川智惠子透過淺色太陽眼鏡朝我的方向凝視著，視線如刺般銳利，讓我動彈不得。

這情況持續了多久我不清楚。直到滑行進入月台的電車遮擋，我們才看不見彼此的身影。我不自覺鬆了一口氣。

電話那頭傳來電車開門的聲音。

『我會再來的。女兒們就拜託你了。』

對方啪的一聲掛掉電話。我放下話筒衝出店門外，此時上行列車已經緩緩駛離車站。等最後一節車廂開過，篠川智惠子已不見蹤影。

在逐漸昏暗的夕陽籠罩下，杳無人煙的月台陸續亮起燈光。

江戶川亂步 第一章

《孤島之鬼》

1

篠川智惠子出現的隔天，我一大早就去了文現里亞古書堂。

正確來說，是去主屋的二樓，按照店長栞子小姐的指示，把舊書綁好搬出去。這些和工作沒兩樣，不過這是她個人的請託。

栞子小姐在二樓兩間相連的和室裡生活起居。她的房間裡到處都是大量的舊書，很符合她超乎常人的「書蟲」形象。

「你看過來電顯示了嗎？」

紙拉門溝槽那一頭的房間裡傳來栞子小姐的詢問。那聲音與昨天聽到的母親聲音很相似。此刻我正一邊進行手邊工作，一邊說完昨天發生的事。

「嗯，看了，隱藏號碼。」

我把堆在榻榻米上、裝在書盒裡的硬皮舊書綁上繩子，如此回答。那套書是國書刊行會出版的《世界幻想文學大系》。色彩繽紛的書背吸引了我的目光。

我第一個舉動就是確認來電顯示。打電話來卻隱藏號碼，大概表示不希望女兒們主動聯絡。

因為她會在自己想來的時間「再度光臨」。只能說非常任性。

「我隱約也知道她在做和舊書有關的工作。」

「是嗎？」

我忍不住回頭。她背對著我，放鬆地側坐在榻榻米上。格子長裙底下露出穿著絲襪的腳踝。也許是仍覺得冷，她披著開襟針織外套。

「一方面她最愛這份工作……而且她似乎偶爾仍與舊書相關的熟人保持聯絡。」

我想起那張耶誕卡。那是篠川智惠子去年年底寄給一人書房老闆的卡片。雖然將她視為眼中釘的老闆完全無視卡片，不過就算她與其他同業關係友好，我也覺得合情合理。

「妳覺得她在這個時期到這兒來做什麼呢？」

對方雖然說是為了工作，但怎麼想都覺得不只是那樣。

「那個人說是為了工作的話，就是那樣吧。」

栞子小姐回答得很冷淡。

「大地震一發生，收藏家就會想要出清藏書。事實上十六年前的阪神淡路大地震之後，也有不少像樣的收藏品流入市場。這次的大地震不曉得會如何，不過我想她也許是期待金額龐大的收購而回來。」

所以才會說「這個時期」啊。果真如此的話，那個人真的很不正派，只把地震當成做生意的機會。

「我們繼續吧……沒時間了。」

在栞子小姐的催促下，我回到手邊的工作，抱著綁好的《世界幻想文學大系》來到走廊上。地板被我踩得吱嘎作響，我不自覺地看向腳下。有可能是我自己的錯覺，不過我總覺得二樓好像有些傾斜。

最近，我們不斷地把二樓的舊書搬到一樓。原因當然是上個月的地震。不只是店裡，擺在二樓的書櫃也倒了好幾個，那陣子簡直是寸步難行。

真正開始整理，是書店再度恢復營業之後，不過牆上出現的大裂痕也成了大問題。栞子小姐找來熟識的建築師勘驗後，說服她除了修理之外，還必須加強耐震；再加上既然要擺放大量舊書，地板等最好也應該補強，於是決定施工。

為此，栞子小姐必須將私人物品搬離二樓。她也趁此機會稍微整理一下藏書，賣掉重複的書。我每天早上開店之前到二樓來，依照她的指示綁好舊書搬走。做這件事沒有薪水可領，所以不是工作，只是單純幫忙。

我抱著舊書走下樓梯，搬到當作倉庫的房間。準備回到二樓時，突然聽見有人喊我：「五浦先生。」

穿著皺巴巴的運動褲搭上白色連帽外套的嬌小少女站在走廊上。那身打扮怎麼看都是家居服。綁在後腦杓上的頭髮經過這半年也長了不少。

「文香，早。」

我打招呼。這是我們今天第一次見面。

「啊，對不起，五浦先生。」

「欸，為什麼道歉？」

「姊姊不是每天都叫你來幫忙嗎？我對書完全不了解。書都整理好了？」

光是從這段對話就知道她們姊妹還沒有完全重修舊好。若是平常的話，文香早就上樓去用自己的眼睛確認了。

「不……還剩下一半左右。」

篠川文香偏著頭。

「怎麼會花這麼多時間？」

「哎……因為量滿多的。」

話一說完，我就回到了二樓。整理藏書的工作由栞子小姐和我兩人進行，不過進度的確遲遲沒有進展。

回到二樓，栞子小姐仍以剛才的姿勢坐著。我重新環視兩間相連的和室。裡頭只有一張床、一個衣櫃和一張書桌而已，其他的家具全是書櫃。原本散落一地的舊書大致上都搬出去了，因此已經可以看到榻榻米和牆壁等各個角落。

過去一直被遮住的紙拉門後側有個壁櫥，裡頭也理所當然地塞滿了舊書。現在正整理到這一塊。哪些要清理掉、哪些要留下，應該差不多要結束了。

「嘶嘶嘶、嘶嘶、嘶——」

我聽到不像呼吸也不像呢喃的聲音。大概是口哨聲。這是栞子小姐入迷時的習慣。又來了——我嘆氣，伸長脖子越過她的肩膀湊近一看，不出所料，只見她把書攤開擺在腿上讀著。

「那是什麼書？」

她一下子回過頭來，把書舉到胸前左右揮舞；櫻粉色的嘴唇綻出笑容，眼鏡後側的黑眼珠閃閃發亮。她的肌膚微微泛紅，讓我嚇了一跳。

「小林信彥的《冬之神話》初版書！我一直找不到它。」

「呃……」

書裡寫的是什麼內容呢？——若是平常，我會這麼問。我喜歡聽書的故事，而她只要一談到書，話匣子就停不下來。

「這是一九六六年出版的長篇小說，以自身經驗為藍本，描寫學童團體在太平洋戰爭中疏散過程的佳作。擔任班長的主角在受到陰險暴力主導的學生之中逐漸被孤立、逼入絕境……啊。」

這時她似乎回過神來。差點聽入迷的我也是同樣反應。她縮起身軀，緊緊閉上眼睛。

「好不容易找到，所以我忍不住就……那個，這本書請擺到『保留』那邊……」

她雙手捧著書遞向我。也許是我想太多，總覺得她充滿眷戀。

書的整理工作遲遲無法結束，就是因為她會這樣突然看入迷。平常大量收購別人藏書時，明明可以短時間內收拾完畢，碰到自己的藏書就不是這麼一回事了。

「對不起，給你添麻煩……」

「沒關係，慢慢來吧。」

我接下《冬之神話》，擺在戰後文藝書的書堆上。她真的沒有必要道歉，光是能這樣一起做些什麼，我也很開心。與在店內工作時不同，沒有客人上門，真的只有我們兩人獨處。

雖然，另一方面我也覺得自己居然會為了這點小事就高興。

栞子小姐停止手邊工作，仰望我。她的眼睛追著我的一舉一動，讓我無法冷靜下來。

「怎麼了？」

「大輔先生。」

叫住我後，她不曉得為什麼低頭看向自己的膝蓋，欲言又止地合起雙手指尖。沉默持續了好一會兒。這時主屋玄關處傳來門鈴聲。好像有人來訪。

「我給大輔先生添了不少麻煩……那個，改天……」

我愣愣地張著嘴。也許是錯覺，總覺得她好像要開口約我。我還以為她不會做這種事——但她到底要說什麼？

「改天……」

一陣吵雜的腳步聲咚咚地跑上來。栞子小姐閉上嘴，一臉詫異地看向走廊，似乎在責怪為什麼要挑這種時候。

「姊姊！」

出現的人是篠川文香。她難得露出慌張的表情。

「現在玄關那裡，媽……」

她說到這裡喘了一口氣。我們僵在原地。沒想到昨天才來，今天又出現在這個家了嗎——但是，接下來的話卻出乎意料。

「有人有事情找媽媽……她說如果不在的話，找個懂舊書的人來。」

2

我下到一樓開始打掃店面。

栞子小姐在主屋客廳裡與訪客談話。既然二樓的工作被打斷，我只好動手準備開店。

會特地指名要篠川智惠子處理的工作，表示不是一般的舊書店業務。上個月也曾經有人委託我們取回宮澤賢治《春與修羅》的初版書，這次的委託或許與那次相似，又或許更麻煩。

（不曉得與昨天的事情有沒有關係？）

我一邊清理書櫃上的灰塵，一邊思考，這時聽見主屋那邊隱約傳來玄關門關上的聲音。一定是客人離開了。時間有點早，不過我還是打開了玻璃門的窗簾。從主屋玄關前往車站途中，一定會經過店門前。

等了一會兒，我看到一位穿著廉價荷葉邊外套、提著蕾絲編織手提包的嬌小圓胖中年婦女。年紀大約超過五十歲，是我沒見過的人。她只是瞥了我一眼就快步離開。

我不解地偏著頭。如果對舊書感興趣的話，應該會想進到店裡來看看才對。她大概不是個舊書迷吧？

通往主屋的門打開，拄著拐杖的栞子小姐現身。她困惑地皺著眉頭。

「客人有什麼事嗎？」

聽到我的問題，她的表情仍舊不變，不解地偏著頭。

「……好像是和珍貴舊書有關的特別諮詢，希望直接見面時再談詳情。總之，對方希望找個熟悉舊書的人過去。」

「咦？直接見面時……那麼剛才那位是？」

「是對方的代理人。找我們的人是剛才那位的姊姊。」

栞子小姐打開櫃台抽屜，一邊翻找一邊回答。原來如此，那位女士只是來傳話的嗎？

「本人為什麼不來呢？」

「聽說是上個月的地震時，被倒下的書櫃壓傷了。」

我覺得有點不可信。就算無法離開家，也可以透過電話聯絡吧？為什麼要特地派代理人跑一趟呢？

「委託人叫什麼名字？」

「……名字是來城慶子。」

我稍微回想了一下，不記得聽過這個名字。

「是我們店裡的客人嗎？」

「我也不清楚，好像是……對方說她住在雪之下，以前常光顧我們書店，利用型錄訂購。」

我恍然大悟。過去在這家書店經營型錄訂購業務的人是篠川智惠子。

在網路拍賣普及之前，可利用書店寄來的型錄打電話或寄明信片訂書。總之，就類似郵購的形式。當然現在也有許多店有型錄郵購業務，不過最近幾年文現里亞古書堂反而沒有。

「那麼，對方也經常到店裡來吧？」

雪之下是鎌倉的地名，就是鶴岡八幡宮所在的地區。距我們書店不遠。

「我也不清楚……也有客人主要是靠型錄採購，所以……啊，找到了。」

她從抽屜深處拿出一本厚厚的黑色皮革筆記本。

「那是什麼？」

在櫃台另一側的我湊近看。那本筆記本做工扎實，與帳本沒兩樣，看來歷史悠久，四個邊角都已經褪色了。

「這是店裡以前使用的顧客名冊。現在客戶資料都用電腦保存，以前全都寫在這裡。」

栞子一邊說，一邊翻開名冊。裡頭以比想像中更小的字跡記錄著地址、姓氏。頁面根據日文的五十音區分，不過可能是預計會寫滿，所以還留下不少空白處。也有不少名字被劃掉——大概是不曉得搬家後的新地址，或已經過世了。

她翻到「Ki」開頭的人名頁面，纖細的手指依序滑過每個名字。但是哪兒都找不到「來城慶子」這個名字。

「怪了。」

她翻回前面幾頁，再度確認名字。

「……會不會是結婚改姓？」

「不……我想應該是單身。根據她妹妹的說法，她從滿二十歲之後就一直是一個人住。上個月受傷後，妹妹才搬過去照顧……啊！」

「怎麼了？」

「你看這裡。」

她手指著前一頁以「Ka」開頭的其中一個名字──「鹿山明」。地址是鎌倉市雪之下六丁目。門牌號碼後面寫著「來城慶子女士」。

「我想應該是這一位。」

「這位叫鹿山的人是誰呢？」

「這個名字我也是第一次看到。如果名冊正確的話，我想這個人應該是住在來城女士的房子裡。」

「可是，對方不是說她一個人住？」

「也許只是妹妹不知情……」

儘管如此，奇怪的地方還是很奇怪。經常利用型錄買書的客人姓名，為什麼沒有好好寫在顧客名冊上？

「這是母親的字跡。寫下這個地址和名字的人是母親。」

一陣沉默。

情況果然很詭異。委託的內容不清楚，鹿山這號人物的存在也很神祕──篠川智惠子也時不時地冒出來。

「妳覺得這件委託與妳母親來訪之間有關嗎？」

我問。

「我還說不準。我覺得時機太湊巧，不過母親是對舊書非常敏銳的人……也許只是巧合。」

「妳要去見這個人嗎？」

「要去。」

她回答得意外堅決。

「如果母親有什麼行動的話，我更不能夠放手……我們已經約好明天下午過去拜訪。」

我也覺得這樣比較好。不管怎麼說，篠川智惠子這個人畢竟會為了收購舊書使出脅迫手段。光是昨天的會面，我就明白栞子小姐的不安了。

「然後，呃……如果大輔先生方便的話……可以……」

她垂下雙眼，支支吾吾地說。我一下子就知道她想要說什麼。

「啊，我陪妳一起去吧。當然。因為要開車嘛。」

「咦，真的嗎？」

「我一開始就有這個打算了。正好明天是公休日，我也沒有其他計畫。」

她眨了眨眼睛，彷彿要說什麼，一直凝視著我。

「謝謝你。改天我一定會好好道謝……就這麼說定了。」

聽到她交心般壓低聲音這麼說，我嚥了嚥口水。她剛剛在二樓也說了同樣的話。這個人到底怎麼回事？這些話需要鼓起勇氣才能說出口，表示我可以有些期待嗎？

「啊，好……」

我的聲音差點背叛我。我假裝咳嗽，無法開口問她要用什麼方式道謝。總之那是「等一切塵埃落定」之後的事。

「話說回來，那個『特殊諮詢』是什麼……？那位妹妹什麼也沒說嗎？」

「沒有提到具體內容……我只問出對方要委託的是哪位作家的舊書而已。」

「哪位？」

栞子小姐的視線突然變得很飄渺。大概是她有特殊情感的作家之一吧。

「聽說是亂步。」

「亂步……？」

「是的。」

我忍不住在口中複誦這個名字。這個名字我也聽過。

她點頭。

「江戶川亂步。」

3

隔天是大晴天，天氣突然變暖和了。

位在圓覺寺前，北鎌倉車站臨時票口旁的櫻花樹也不知不覺半開了。我和栞子小姐共乘的小廂型車看準了走出車站的觀光客人潮中斷那瞬間，穿過摻雜紅色蓓蕾的櫻花底下。接下來要前往來城慶子家。

「大輔先生知道江戶川亂步吧？」

坐在副駕駛座的她突然想起，開口說。

「我沒有讀過他寫的書，只知道名字。」

我苦澀地回答。我想應該是小時候的心靈創傷，讓我有了這個奇妙的「體質」，無法長時間閱讀文字書。儘管如此，我對書擁有比一般人更多的興趣。我知道這位作家也是因為她總是在聊書的話題。

關於江戶川亂步，我本來昨天就想問，卻因為客人一個接著一個捧著大量書籍出現，因此錯失了好好聊天的機會。

「就是寫《少年偵探團》那系列的作家吧？」

小學時，我曾經擔任圖書股長，經常處理借書、還書工作，所以常會經手這系列的書。這系列的書每本封面上都描繪著詭異的怪人和兒童的臉，書背上印著露出噁心笑容的面具標誌，擺在書櫃上時，遠遠看過去依舊能夠一目了然。

「好像有部作品叫做……《怪人二十面相》？」

「沒錯。」

栞子小姐點頭。

「討厭暴力的怪人二十面相施展最擅長的易容術，偷取昂貴的藝術品，而少年偵探團與名偵探明智小五郎則是與之對立的一方……這是故事的架構。據說亂步是打算寫出莫里斯．盧布朗的《怪盜亞森羅蘋》少年版。」

「那個系列的書很多，對吧？」

我記得多到足以擺滿一層書櫃。不只有《怪人二十面相》，印象中還有標題類似透明人、外星人的作品。問過全部讀完的同學，同學說每一本故事都很類似。

「是的。中間有一段時期曾經停載，不過這系列從昭和十一年（一九三六年）第一本《怪人二十面相》連載開始，持續寫了二十五年。亂步後半輩子發表的小說多數是這個系列……」

「嗯？等一下，妳說從什麼時候開始寫的？」

我忍不住插嘴。我們乘坐的廂型車正爬完穿過鎌倉中心的斜坡，準備進入平緩的下坡路段。

「一九三六年。發生二二六事件那一年。」（註1）

「咦？真的嗎？」

我知道這套作品很久了，卻沒想到有那麼久。讀到第一手作品的人，或許比我們的祖父母更年長。

「是的。第一部作品出版單行本已經是七十五年前的事了。」

「……讀者應該也沒想到這套書的年代有這麼久遠吧。」

「或許吧？也許是因為出版社配合時代改變裝幀和書名、重寫部分內文、努力讓讀者讀來通俗易懂的緣故……不過我想主要還是因為這套書擁有跨越時代的大眾魅力。」

我想起小學圖書室裡閱讀這套書的國小男生的確為數不少。有些人是因為偵探團設定為少年而受到吸引。如果我沒有這種「體質」的話，一定也不會錯過。

「……明智小五郎不是也有在別的系列出現過嗎？」

我一邊開車一邊問。提到從前就很知名的日本名偵探，我想就屬明智小五郎和金田一耕助

註1：一九三六年二月二十六日凌晨，一群官兵以「昭和維新，尊皇討奸」為口號，武裝政變意圖奪權的事件。最後部分軍官自殺，剩餘官兵全部遭逮捕並交由法庭審判，政變未遂。

了。雖然只在電視連續劇等場合看過，印象中曾見他們與黑衣打扮的美女對峙，或爬上某處的天花板裡頭。

「當然。明智小五郎第一次出場是早於《怪人二十面相》出版前……在大正十四年（一九二五年）發表的《D坂殺人事件》。」

「啊，我聽過那本書。」

書名上有英文字母，所以隱約有點印象。不過故事內容一概不知，甚至連那是江戶川亂步的小說也是初次聽聞。

「對了，江戶川亂步是什麼年代的人？」

「明治二十七年……也就是一八九四年出生。在昭和四十年（一九六五年）過世。出道則是大正十二年（一九二三年），剛滿二十八歲時。」

栞子小姐有問必答。能夠像這樣把年代全部記在腦子裡，也是她的獨門絕技。她的腦袋到底裝了多少東西啊。

「大正時代末期，日本的推理小說……當時稱為偵探小說，仍然是大家還很陌生的領域。在亂步之前，甚至近乎沒有專業的偵探小說作家。他出道當時是所謂的『本格派』作家，接二連三發表的短篇作品皆著重邏輯解謎。

他所寫的作品內容也配合時代變遷而不同，不過他始終是偵探小說、推理小說界的重量級作家。甚至可說是亂步及與亂步有深刻因緣的人們，刻劃出日本在這個領域的歷史足跡。」

她說到這裡停頓了一下。廂型車穿過鶴岡八幡宮前面的十字路口，來到行人穿越道前正好變成紅燈。來自海外的觀光客走過廂型車前面，穿過三之鳥居。

朝右手方向延伸的若宮大路中央，是稱為段葛的參拜碎石步道。步道沿途的櫻花樹尚未完全盛開，不過這景象已經足夠吸睛了。

「……真美。」

栞子從副駕駛座探出身子，喃喃地說。

「真想去哪裡走走。」

「是啊。天氣這麼好。」

沒想到得到的回應還不錯。我突然想起昨天說過的「道謝」。以現在這情況來看，問她：「工作處理完之後，要不要去哪邊走走？」也許會成功。不對，這個人會以什麼反應回應，完全無法預測。

「啊，大輔先生。」

她指向擋風玻璃那頭。不曉得什麼時候已經變成綠燈了。我只得踩下油門。

「……我們回到剛才的話題吧。」

她若無其事地說。

「亂步和我們也稍微有點淵源喔。」

「……什麼意思？」

我問。聽到書的話題，我也不自覺受到吸引。

「出道前，亂步曾經營過舊書店。」

「咦，這樣啊？」

我突然覺得與這位明治時代出生的作家拉近了距離。原來他也曾經和我一樣搬過成疊舊書。

「亂步成為作家之前，曾經不斷地換工作。期間雖然不長，不過他曾在東京千駄木的團子坂經營舊書店……《D坂殺人事件》書中正好用上那個時期的經驗。因為故事講述的是舊書店發生了密室殺人事件。」

原來D坂指的就是團子坂啊。我雖然好奇舊書店會發生什麼樣的密室殺人事件，不過很可惜，我們已經抵達目的地了。

「應該就是這裡。」

我說完，把廂型車停在竹籬笆旁邊。我手上的地址應該就是這棟宅子。腹地內的細竹林鬱鬱蒼蒼，林葉之間可看見瓦片屋頂。這裡是遠離縣道的住宅區一角。距離八幡宮應該不是太遠，不過人潮倒是一下子少了很多。

我們下了車，沿著竹籬笆前進，看到一座有屋頂的氣派大門。生鏽的紅色信箱上貼著寫了

「來城」兩字的白色貼紙。栞子小姐拄著拐杖，謹慎地跨過門檻。庭院雖然寬廣，卻因為竹林而無法一眼望遍。

「……房子真氣派。」

栞子感動地說。氣派是氣派，不過房子已經相當老舊，牆壁上的塗裝早已完全剝落。房子的縱長窗戶上附有百葉窗板，還有個面朝庭院的陽台，宛如大正時代或昭和初期建造的「西式風格」別墅。

不可思議的是，這兒沒有人居住的氣息。住在這裡的人像刻意屏住呼吸，銷聲匿跡了一般。如果我還是小孩子，八成會認為這裡是鬼屋。

按下玄關門鈴，便聽見腳步聲，前門被大力打開。那位穿著和昨天相同的荷葉邊外套的中年女性探出頭來。光亮的圓臉上戴著老花眼鏡。

「謝謝你們特地前來。進來吧。」

她露出親切的微笑。腔調中攙雜著些許不似關東人的陌生口音。

「不、不會，彼此彼此……我們依約前來了。」

栞子小姐戰戰兢兢地低頭鞠躬。我好久沒看到栞子小姐這麼害羞了。最近在店裡負責與客人對應的人主要是我，她愈來愈少與初次碰面的客人對話。因此這場面有些新鮮。

女士看著我。我長得很高大，會引起注意也無可厚非。於是，栞子小姐開口：

「他是我們店裡的工作人員大輔先……不對，是五、五浦……」

介紹工作人員給客人時，怎麼會說大輔先生呢？她連忙修正，反而舌頭打結。對方露出驚訝不解的表情。

「我是五浦，您好。」

我只好把話接下去說完，跟著鞠躬。

仔細想想，唯有和我兩人獨處時，即使聊的是書以外的話題，她也不會舌頭打結。或許因為我們每天碰面，反而不會注意到這種變化。

請進——在女士的催促下，我們踏上走廊。起毛刺的木頭地板有些下陷。以這棟建築的老舊程度看來，上個月地震時應該搖晃得很厲害吧。書櫃會倒下也可以理解。

「呃，請問，來城慶子女士她……」

「她在那間房裡，首先……啊，稱呼妳篠川栞子小姐，可以嗎？」

「可、可以……」

「小慶說希望篠川小姐到家裡看看這裡的書，再進入正題。可以到這邊來嗎？」

來城慶子的妹妹沒等我們回答就自行走開。「小慶」這稱呼言猶在耳。她們姊妹倆的感情似乎不錯。

看向打開的紙拉門，每個房間裡都沒有太多家具，全都打理得乾乾淨淨，也沒有能夠看出一家之主個性的線索。

「對了，我還沒有報上我的名字……我是田邊邦代。」

女士突然想到般地開口。栞子小姐之前似乎也沒過問女士的姓名，她微帶困惑地低頭鞠躬，說：「請多指教。」

「我比小慶小兩歲。因為結了婚，所以我們姓氏不同……我老公很早就病死了，兒子在東京念大學，目前一個人住。而我現在也沒辦法工作，所以打算在這待到小慶的傷勢康復為止。」

「田、田邊女士……的家，在哪邊呢？」

「叫我邦代就好了。我住在宮崎縣。」

空氣瞬間變得凝重。那是地震受害最嚴重的縣市之一。田邊邦代轉過頭來露出微笑。

「啊啊，我住的市鎮沒有太嚴重，而且離海很遠。我家也只是倒了些家具，沒什麼大不了的災情……鎌倉這兒情況也很慘重吧？畢竟書店裡盡是沉重的物品。」

我也看得出來她在轉移話題。是希望我們不要太擔心嗎？——或是有什麼不願意詳細說明的原因呢？

「敝店那個……呃，倒了幾個書櫃，不過——」

「妳的腳也和小慶一樣是地震弄傷的？」

我察覺到栞子的背部緊繃。

「不，這條腿是……更早之前的事了。」

去年為了太宰治的珍貴初版書，田中敏雄這位狂熱舊書迷害栞子小姐受傷。外表上看來雖然已經康復，不過她依舊倚賴拐杖過生活。

「書就放在這間房間裡。」

田邊邦代在盡頭處的門前停下腳步，取出鑰匙插入鑰匙孔。在家也要上鎖，想必這些藏書十分珍貴吧。

房門一打開，混雜灰塵的微冷空氣和舊紙張的味道一起流瀉出來。

「請。」

聽她這麼說，栞子小姐踏入房內。我也跟著走進去。門裡是寬敞的西式房間，四面牆壁幾乎都是書櫃。大概也當作書房使用吧，房間中央擺著一張大書桌和椅子。

入口處對側的牆壁上，有一扇嵌著鐵柵欄的小窗，再加上房門上鎖，可見這間房間保護得莫名周到。

「請隨意看看。我去帶小慶過來。」

田邊邦代關上門離開。我環視整齊排列的書籍一圈。

不只有硬皮的精裝書，也有不少尺寸的小型書和過期雜誌。《新青年》、《寶石》、《講談俱樂部》、《KING》——全都是很舊的雜誌。以「殺人」、「事件」、「死」為題的書名眾多，看起來應該是推理類的收藏品。

但是，雜誌不是依照年分排列，而且書櫃到處都有奇怪的空隙，整體顯得雜亂，有一種姑且先擺上書櫃的感覺。

「江戶川亂步的書真多。」

我對栞子小姐說。書背上標著「江戸川乱步」與「江戸川亂步」的舊書散置在房間書櫃上。不過幾乎找不到我認識的書名。

「……八成，全都齊全了。」

她壓抑著雀躍的聲音低語。

「咦？」

「據我所知，亂步生前出版的、寫給一般成人看的著作應該都在這兒了……還包括刊登那些作品的過期雜誌。」

4

「意思是這批收藏品很驚人嗎？」

「是的。我第一次看到有人的亂步收藏如此齊全。」

琹子小姐的眼睛閃耀著光芒，簡直像是被帶到玩具店的小朋友。

「啊，大輔先生，請看那個！」

她難得大叫，指著窗戶底下的陳列櫃。收納在玻璃門後側的簽名板格外引人注目。

塵世是一場夢，夜裡的夢才是現實　亂步

漆黑的毛筆字躍然紙上。塵世是「現實世界」的意思吧？這句話令人印象深刻，尾韻無窮。

「那張簽名板，是亂步的真跡嗎？」

「應該是……寫著那句座右銘的亂步簽名板，市面上很多，我說的是它旁邊的那個！」

她拄著拐杖往陳列櫃移動，彎下腰湊近看向簽名板旁邊的東西。那兒擺著一個露出可怕笑容的面具。材質明顯很廉價，原本是金色的部分已經完全褪色。

（……嗯？）

我記得見過這個設計——想了一會兒，我注意到那個與小學圖書室的《少年偵探團》系列書背圖案很相似。

「那是什麼？」

「……黃金假面。」

「黃金假面？」

「是亂步的長篇小說《黃金假面》中出場的怪盜。一如其名，他戴著金色面具現身，偷取昂貴的藝術品……屬於怪人二十面相那一類的角色。從昭和五年（一九三〇年）起連載到隔年，還在當時引起很大的話題。」

「咦？妳說的是小說吧？這個面具又是怎麼回事？」

難道真的有那個怪盜？不可能吧。栞子小姐沒有轉向我，回答：

「這是宣傳品。」

「宣傳品？」

「昭和六年（一九三一年），平凡社開始發行《江戶川亂步全集》時，從百貨公司屋頂上撒下合成樹脂製作的黃金假面當作宣傳。這大概就是那個面具吧。甚至有人說現在已經找不到了……我也是第一次看到。」

她滔滔不絕地說明著，同時把額頭連同眼鏡貼在玻璃門上。看樣子真的很稀有吧，不過我在意的是其他事情。

「這種宣傳手法真厲害。」

簡單來說就是使用角色的週邊商品促銷，這種做法現在這時代也適用。

「是啊。而且一開始原本打算用飛機撒，聽說是亂步自己提出來的點子。」

「咦？作者自己嗎？」

栞子終於轉向我，點了點頭。晃動的瀏海底下可看見有些發紅的額頭。她壓得太用力了。

「……他是本格派的推理作家吧？」

居然做出排場這麼大的事。而且不管是黃金假面或二十面相，都不像是推理小說的角色。

「出道當時，亂步從事的活動的確很符合本格派的稱號。不過，開始在雜誌上連載長篇作品的時期，他轉變了作風，轉而強調其他要素。那些被視為是亂步的作家特色，也有人給予很高的評價。」

「其他要素？」

「嗯……啊，連這個都有。」

她自陳列櫃旁邊的書櫃上拿出薄薄的平裝書。印著詭異花樣的封面上橫寫著書名《鑑圖罪犯》。

她拄著拐杖移動到椅子處坐下。

「這本書是？」

「平凡社《江戶川亂步全集》的附錄之一，書名是《犯罪圖鑑》。」

我為自己的無知感到可恥。我想起以前的書名橫寫時是從右邊念起才對。我在腦中將排列切換回犯罪圖鑑。

我站在對側湊近看著啪啦啪啦翻開的頁面，這似乎是一本收集了各式血跡、絞刑執行的瞬間、遭到肢解的屍體等噁心照片和圖片的冊子，有很多與犯罪無關的內容。

原本津津有味地翻閱書頁的栞子小姐停下手，一張全裸遭捆綁女子的照片旁寫著「施虐狂、被虐狂的兩人為了快感而歡喜施虐！」照片和文章都太過陳舊，看來不是很寫實，簡單來說就是SM遊戲吧。

她睜大眼睛把臉靠向書頁。

「這是晴雨……？應該不是吧……」

自言自語的同時，她突然想起我也在一旁，連忙合上書。她這舉動反而讓我覺得難為情。

「……那個時代出這種書，沒問題嗎？」

為了轉換氣氛，我問。封底的版權頁上印著「昭和七年（一九三二年）五月十日發行」。

「當然有問題……所以這本附錄馬上就被禁了。」

嗯，這樣也很合理。畢竟那本附錄的內容在現在這時代看來仍舊很刺激。

「明明是作家全集，為什麼要製作這種附錄？」

「不如說，就是江戶川亂步的作家全集才應該附上這種附錄。」

栞子小姐說。

「平凡社出版這套全集的時代，偵探小說……尤其是亂步的作品，多數人都認為很符合這本冊子的弔詭形象。早期作品的解謎要素退居幕後，而突顯所謂異常心理、幻想情境、殘忍的犯罪描寫等內容的作品則多了起來……舉例來說，有一則中篇小說叫做《帕諾拉馬島綺譚》。」

「那個……很有名，對吧？」

我不太有把握，不過帕諾拉馬島這個名字曾經聽過。也是江戶川亂步的作品嗎？

「是的，是知名的傑作……亂步稱之為犯罪幻想小說。主角取代了長相與自己極為相似、突然死亡的同學成為大富翁，利用龐大的財產打造如夢境般的世界。過程中發生了殺人事件，也將之解決，因此還算保留了偵探小說的形式，不過大半篇幅都花在描述主角建立的『帕諾拉馬王國』上。」

「『帕諾拉馬王國』？」

「一言以蔽之，就是人造樂園吧。主角在小島上進行大工程，打造出各式各樣的天然世界。主角們搭乘人體天鵝（註2）橫渡溪谷、騎乘驢子在森林裡步行等……」

「……好像某處的主題樂園。」

我想到位在千葉縣浦安的「夢與魔法的王國」（註3）。那也是座人造樂園。

「或許吧。」

栞子小姐微笑。

「我想亂步渴望遠離日常生活，前往截然不同的其他世界。這種憧憬，在《少年偵探團》系列中也能看到。因為故事的開端幾乎一定會出現不可思議的怪人。」

我回頭看向陳列櫃裡的簽名板——「塵世是一場夢，夜裡的夢才是現實」。他或許是嚮往著夢的世界，才會寫下這句話。

不曉得為什麼，我想起篠川智惠子。這回的奇怪委託也以她的出現為開端。沒有任何前兆就突然現身，接著又有如消失般的離去，簡直像是某種怪人。不過現在不是在說故事。

「……嗯？」

我突然注意到擺在桌上的《犯罪圖鑑》。

「這本書，是不是夾了什麼東西？」

在書頁的中間位置上方露出一張小紙片。因為靠近書背，所以沒注意到。

「對耶……這是什麼？」

栞子小姐拉出來一看，那是一張舊書店的標價，上面寫著書名和超過四位數的金額，還印著

註2：原作中是穿著天鵝裝的女人。

註3：即指東京迪士尼樂園。

橫寫的店名。

「一人書房
辻堂車站前」

我們兩人忍不住面面相覷。一人書房是座落在辻堂車站前的舊書店。經營者井上先生很討厭篠川母女。之前在舊書會館發生《蒲公英女孩》的絕版文庫本被偷事件時，我們曾經碰過面。老實說，我不太希望和他有什麼牽扯。

「這是……」

「果然是從一人書房買來的。」

表示來城慶子女士也是一人書房的客人。也不曉得是不是巧合，總覺得有種莫名的緣分。

「妳說果然……啊，因為那家店專門經手懸疑和科幻類的書，對吧？」

「不，不只是那樣……一人書房的老闆對於亂步有特殊的情感。雖然我不曾和他聊過。」

「……什麼意思？」

不曾聊過，為什麼知道？

「就是……」

房門打開的聲音打斷了她的回答。一位坐在輪椅上的女性從走廊上現身。她戴著金屬框眼鏡，摻雜白髮的直髮長過肩膀。身上穿著應該是家居服的米色連身裙，裙襬底下可以看見仍敷著石膏。

看起來是愛書的文靜女性，和栞子小姐有著類似的氣質。

「小慶，這個人是篠川栞子小姐……智惠子的女兒。」

推著輪椅進來的邦代女士隔著姊姊的肩膀小聲說。她們雖是類型完全不同的姊妹，這樣看來卻可發現眉毛形狀和嘴巴四周很像。

「您、您好……我是篠川。」

栞子小姐離開椅子站起，以戰戰兢兢的聲音問候。接著，像機器人一樣僵硬移動，以併攏的手指指向我。

「這是我們店裡的工作人員，大輔先……不對，呃……五──」

她在與剛才相同的地方吃螺絲。我心想她需要多多練習，同時也對來城慶子低頭鞠躬。

「我是五浦……您好。」

我的視線正好注意到對方脖子附近。她的脖子上雖然圍著圍巾，感覺卻和一般情況不同。

來城慶子對我們優雅一笑，緩緩張開雙唇：

「嗯……啊……」

流瀉的聲音像咳嗽般沙啞。她似乎說了句什麼，卻聽不懂。

（啊……）

仔細一看會發現圍巾底下的喉嚨上埋了一個人造器具，她似乎是從那兒呼吸空氣。

我心想，原來是這麼一回事。我聽說接受喉嚨手術後可能無法發聲。來城慶子特地請妹妹代替她出面，原來不只是因為受了傷動不了。

而是說話有困難。

在書庫裡彼此打過招呼後，我們回到走廊上，前往起居室。那是一間日照良好、面向南邊的西式房間。垃圾口（註4）外頭就是陽台，連接小小的庭院。看樣子沒什麼在整理，雜草已經長到人那麼高，其間攙雜著春天的花朵。

與其他房間一樣，這裡沒有太多家具。一眼就注意到的是櫥櫃、圓形餐桌，以及舊式的映像管電視機。

姊妹倆八成直到剛才都待在這裡，餐桌上擺著包上手工毛氈書衣的書和織蕾絲的工具。田邊邦代連忙動手收拾。

「不好意思，亂七八糟的。我現在就去泡茶。」

她把織到一半的蕾絲和鉤針全都移進櫥櫃，把書交給坐著輪椅來到餐桌前的姊姊手上。這麼說來，她昨天到我們店裡來時，帶的正是蕾絲編織的手提包。看樣子她的嗜好就是編織蕾絲。

櫥櫃上擺設的相框突然吸引住我的目光。看來是從某個海岸拍下的近海照片，比海岸線略高的地方漂浮著朦朧的陸地輪廓。我想應該是海市蜃樓。為什麼家中只有裝飾著這樣一張照片，令人不解。

來城慶子小心翼翼地撫摸著書。那本書看來很久了，書口和上下切口嚴重泛黃。

「大約半年前，小慶因為咽喉癌而接受手術，把這邊全部拿掉，也沒有聲帶了，所以無法說話。」

邦代女士一邊將保溫瓶的熱水倒入茶壺中，手指一邊繞著自己的喉嚨轉圈。她的說明太直接，讓我不曉得該擺出什麼表情才好。這個人的個性顯然藏不住事情。

「她現在正在練習用食道發聲。我與和弘還聽得懂，其他人就似乎不太能聽懂她在說什麼。」

「和弘先生是什麼人呢……？」

栞子小姐戰戰兢兢地插嘴。

註4：清除室內垃圾的通道口，緊接地板而設。

「啊啊，我剛提過吧，他是我獨自住在東京的兒子。要不是因為和弘，她遇到大地震時不曉得會怎麼樣呢……對吧，小慶？」

她尋求姊姊的同意，來城慶子沉默地點頭。

「那天，我家直到傍晚左右才打通和弘的手機，但是打到小慶家裡時卻怎麼也打不通……我們彼此都沒有手機，也沒有其他聯絡方式。」

「嗯，這一帶停電了吧。」

我說。我家也是。一停電，家用電話幾乎無法使用。地震那天也很難傳送手機郵件和通話，我用災害專用的留言電話才聯絡上母親。

「是啊。哎，不過即使電話響了，她也被壓在書櫃底下動也動不了。結果和弘從東京飆摩托車過來看看情況，才把她救出來。」

來城慶子伸手輕輕按著喉嚨，冷冷地開口說話，可是很難聽懂，於是她拿出便條紙和筆，像刻字般寫上文字。看樣子她寫字速度不快。

『我那時很害怕，靜悄悄的家裡只有自己一個人』

「真是災難一場啊……」

琹子小姐說得沉重，彷彿自己也被壓在書櫃底下似的。同樣擁有大量藏書的她，大概無法置身事外吧。

「小慶，不用每句話都筆談，無法溝通時，我代為傳達就好。」

邦代女士將冒著水蒸氣的茶杯擺在我們面前。栞子小姐道謝後，面向委託人。

「……我剛才參觀過您的藏書了。那些全是來城女士您收集的嗎？」

我知道她進入正題了。首先大概想問出關於顧客名冊上登記的「鹿山明」這名字的由來。

對方的表情稍微沉了下來。似乎有什麼難言之隱。

「……那些大概都是鹿山先生的收藏吧。不過，小慶來這裡時，也帶來了一小部分。」

田邊邦代插嘴。突然出現鹿山的名字教人倉皇失措。她姊姊搖頭，短短說了一句話。

「嗯，有些書是鹿山先生的父親購買的……他叫什麼名字，總吉先生？」

來城女士這回點點頭，在便條紙上寫下『鹿山總吉』——又出現一個新名字。

「請問……這是怎麼回事？」

栞子小姐開口問，姊妹兩人互相看向彼此。視線交會後，妹妹邦代開始說明：

「情況有一點複雜。這棟房子原本是鹿山明先生和他的父親鹿山總吉先生共同管理的別墅，他們兩人都最愛那個……江戶川亂步？為了擺放收集來的書，所以才會買下這棟房子……我說的對嗎？」

妹妹問，姊姊默默點頭。想不到有人會為了擺放藏書而買下別墅。從前的收藏家都是這麼做的嗎？

「鹿山先生的父親約在三十年前過世，不久之後，小慶就認識了鹿山先生。小慶也非常喜歡那位作家，因為這個緣分……所以一直在這裡叨擾。鹿山先生去年春天突然過世，因為心肌梗塞的關係。」

我逐漸釐清事情全貌了。這棟房子和藏書一直都由亂步的書迷管理，是這個意思嗎？

「您說叨擾是……」

「鹿山先生讓小慶住在這裡，還給她生活費……直到鹿山先生的太太過世為止，小慶都是二老婆。鹿山先生死後，小慶便依照遺言繼承了這棟房子。」

栞子小姐終於也聽懂了。她連耳朵都變得通紅，深深低下頭。

「……我問得太深入，真是抱歉……」

「沒關係、沒關係，事到如今也沒什麼好隱瞞的。而且是小慶自己選擇這種生活。我們家人一直都很反對。」

來城慶子不為所動地聽著妹妹的譴責。或許早已稀鬆平常了。

我家也有複雜的情況，所以對於這種程度的事情沒有太驚訝。不過，我對繼承房子和藏書一事感到好奇。這一帶可說是鎌倉的高級住宅區。情人死後，包括剛才的藏書在內，她繼承了不少資產，想必一定與鹿山明的遺族有過不小的爭執吧？

如果這位女士能夠解決金錢方面的問題，繼續住在這間房子裡，表示她不只是個文靜的愛書者，應該有相當的手腕。

哎，不過，外表和內在截然不同的女性大有人在，我身旁就有一個。

「來城女士是不是很喜歡《押繪與旅行的男人》呢？」

栞子小姐看著櫥櫃說。她也許想以自己的方式化解微妙的氣氛，不過因為太過突兀，我沒弄懂她的意思。來城慶子似乎也很訝異。

「……那是什麼？」

「亂步的短篇作品，故事中提到海市蜃樓……」

說到這裡，她指向櫥櫃上方。這麼說來，那兒裝飾著海市蜃樓的照片。

「是這樣嗎，小慶？」

妹妹一問，來城慶子閉上眼睛點點頭，隱約露出微笑。

「請問……今天找我們來的目的是？」

栞子小姐繼續問。

「關於舊書的特別諮詢，還有……」

「小慶說，想把這棟房子裡所有的書全賣掉。」

「咦……」

栞子眼鏡後側的眼睛張到了極限，一如文字所形容的無言以對。她太過驚訝的模樣，反而讓田邊邦代不解。

「……我聽說有很多珍貴的書，不對嗎？」

「豈止是珍貴！」

栞子小姐用力搖頭，黝黑長髮的髮尾有一下沒一下地掃到我的肩膀。

「包括刊登出道作品《兩分銅幣》的《新青年》雜誌，到晚年由桃源社出版的全集，亂步有生之年出版的所有為一般成人而寫的作品幾乎都收集齊全了！這可是非常有價值的收藏啊！」

一談到書，她總會像是變了個人似的口若懸河，就像開關打開了。

「但是，您要找我們談的不是這件事吧？」

她緊接著繼續說，不給姊妹兩人回應的機會。

「否則，邦代女士早在昨天光臨敝店時就會直接告訴我們了。一定是有更特殊的委託，並且希望在解決的同時，把書賣給我們當作報酬……我說對了嗎？」

房內陷入一片沉默。

「……這個人果然腦筋動得快。小慶，就委託她吧？」

田邊邦代對姊姊這麼說。來城慶子偏著頭，與栞子小姐四目交會。她看來固然溫和，但總覺得難以捉摸。

她張開雙唇說話。

「她從明先生那兒聽說，只要是與書有關的問題，都可以找文現里亞古書堂，有個很厲害的人什麼問題都能幫忙解決。」

來城慶子說到這裡停住，讓邦代女士幫忙翻譯給我們聽。

「鹿山先生曾經親自光顧過敝店嗎？」

栞子小姐問，來城慶子停頓了一下，才回答：

「小慶說，他直到十年前左右還偶爾會去……小慶有時也會利用……型錄嗎？買書，再請店裡送過來。」

邦代女士一邊確認一邊說。看來顧客名冊之謎總算解開了。簡單來說就是這位女士利用鹿山明的名義購買舊書。如果剛剛的話可信，表示她不曾見過篠川智惠子本人。

「……她說，如果妳也有能力解決書的問題的話，她有件事想拜託妳，是關於江戶川亂步的舊書。」

「請務必交給我！」

栞子小姐立刻回答。我以為她會稍微考慮一下。

如果能夠收購剛才那些藏書，對於我們書店的確有很大的好處。但是，我總覺得哪裡不對勁。值得放棄情人留下的所有珍貴藏書，這「委託」究竟是什麼？

「那麼，首先能否詳細告訴我，是亂步的哪一本舊書、有什麼問題呢？」

她的眼睛因為好奇而閃閃發亮，一副急著想知道答案的樣子。

原來如此——我心想。沒想到她也會對這種事感興趣。也許會出現比剛才所有藏書加起來更珍貴的東西也說不定。如果是「書蟲」，這也是理所當然。

來城慶子的表情突然改變，將原本抱著的書擺在餐桌上。那本書依舊包著毛氈書衣，完全看不見封面。

「這是……亂……請……這本……」

她的眼睛沒有離開栞子小姐，以強烈的語氣這麼說。我多少也能夠聽得出來。

「這是亂步作品的初版書。請答出這本書的書名，而且不能碰到這本書……什麼？」

負責翻譯的妹妹不解，不過我已經明白她的意圖。她想要測試。縱使栞子小姐對於舊書具備充分的知識，但不曉得是否有「解決問題的能力」。

問題是，這個測驗未免太強人所難。書挺厚的，撇開陳舊這點不提的話，這本書的大小和形狀都沒有特色。從縫隙間能夠窺見的部分，可知這本書沒有書封，毛氈書衣底下就是書皮。

（不對，等等。）

如果其中一本藏書在這裡，剛才的收藏品應該會少一本。或許是要她回想一下再回答也說不定。如此一來，特地讓我們去參觀藏書的用意，也就說得通了。這個測驗著重的是記憶力更勝過知識——

「這本是重複的書，對吧？」

栞子小姐望著毛氈書衣說。

「我想剛才參觀過的書庫，已網羅所有亂步寫給一般成人看的小說和評論集的初版書了。」

輪椅上的女士停頓了一下，接著微笑起來。看樣子這個測驗不只是考驗記憶力，還必須猜對書衣底下的書名。

「……我想擺在這張餐桌上的書就是完整的樣貌，沒有破損或缺陷，這樣想可以嗎？」

栞子小姐冷靜確認。是的──來城慶子像是這麼說似地點頭。

「三十二開的大小……這樣的話……」

她將食指抵在眉間，搜尋著記憶。維持這動作十秒不動，然後終於緩緩開口：

「……我知道了。昭和五年出版的長篇小說《孤島之鬼》的初版書。」

書主親手拿掉書衣。我也忍不住向前湊近看。

封面印著手拿樂器的女子、長相噁心的男子，以及兩個嬰兒。書名用手繪風格的細體字寫著「孤島之鬼」。

「厲害……」

我坦白說出感想，栞子小姐轉向我。

「不只是封面，內容也很厲害喔！追捕在不可能狀況下連續殺人的犯人時，牽涉到某個家族留下的密碼之謎……是一部不拘泥於偵探小說框架的傑作。故事還巧妙結合了在當時社會仍算特殊的同性戀、畸形人等亂步的嗜好……」

「不，我不是那個意思！」

我回神後說。前半段是連續殺人，後半段是密碼解讀，這樣的故事我雖然也感興趣，不過現在不是說這種事的時候。

「妳怎麼知道書名？」

栞子小姐不可思議地眨眨眼睛。她的上下睫毛都很長。

「……根據上下切口和書口處的泛黃情況來看，我認為很有可能是戰前的書。」

她稍微收斂起雀躍的心情，開始解釋。似乎還想多談一點關於這本書的內容。

「確定沒有破損和缺陷，表示這本書原本就沒有書封和書盒。再加上版型是三十二開，又是這麼多頁數的初版書，就我所知，只有《孤島之鬼》了……」

原來如此。即使看不見封面，只要有她這般知識和洞察力，也能夠知道書名。

我的眼角餘光注意到姊妹兩人互使眼色。大概是測驗及格了。

田邊邦代站起身，走近房間角落的一扇門，打開後看到是衣櫃，裡頭擺著像大型保險箱的物體。老舊是老舊，不過一眼就能看出作工堅固得嚇人。

門上有手把、轉盤鎖，以及——大約有五十個圓形按鈕的控制板。這到底是什麼東西？

「這裡頭擺著和江戶川亂步有關的珍貴物品，對吧，小慶？」

說著，田邊邦代回頭。她姊姊輕輕點頭後，對栞子小姐說話。她只是動動嘴唇而已，我們已經明白她的意思。

——請想辦法打開它。

6

對方說，希望我們靠近點看看，我和栞子小姐便跪在保險箱前面。摸摸轉盤鎖上頭的裝飾後往旁邊一轉，底下出現鑰匙孔。想要打開保險箱，除了要知道轉盤鎖密碼之外，還需要鑰匙。

「這裡頭放了什麼？」

栞子小姐轉頭朝向背後的輪椅，問道。來城慶子露出惡作劇的微笑後回答：

「開……看……」

妳能夠打開就讓妳看——也就是打開後才知道答案。栞子小姐似乎很遺憾，再度轉向保險箱。聽著她們的對話，我也愈來愈好奇裡面的東西了。既然是「與江戶川亂步有關的珍貴物品」，就不一定是舊書，也可能類似剛才擺飾用的面具或簽名板。

「話說回來，這個保險箱似乎很古老了。」

我說。來城慶子在便條紙上寫字，然後拿給我們看。上面寫的似乎是「昔日日本軍的訂製品」。也就是說，這個東西製造的年分是第二次世界大戰中或大戰前，至少有七十年歷史了。

「這個東西為什麼會在這裡……？」

大概是筆談有困難，她對著妹妹快速說明。妹妹也馬上翻譯給我們聽。

「她說，鹿山先生的父親……總吉先生事業做很大，戰爭時也與軍方做過生意，戰爭結束後，在混亂下得到的。這東西有三道鎖，十分牢固，所以一直被人珍惜至今，用來收藏珍貴的物品。」

「三道……？」

我不解。鑰匙和轉盤鎖應該是兩道吧。

「……這也是一道鎖，對吧？」

栞子小姐以手指觸摸有成排按鈕的控制板。仔細一看，上面一顆顆的按鈕刻著日文五十音的片假名。邊緣的「小」字按鈕引起我的注意，想了一會兒後，我想到那是為了打小字而設置。上頭甚至還有濁音、半濁音的按鈕。

「不是按下設定好的文字按鈕後，鎖就會打開嗎？」

一問主人，對方默不作聲地點頭。

（……也就是密碼吧。）

鑰匙、轉盤鎖、密碼，的確是三道鎖。我不知道原來很久以前就做出這麼複雜的保險箱了。謹慎也該有個限度吧。

「我家主屋也有個老保險箱，不過沒有這麼精巧……也許因為這是軍方特別訂做的。」

栞子小姐檢查著保險箱，一邊自言自語地說。

「小慶打不開這個保險箱，正苦惱著呢。鑰匙和密碼原本就是由鹿山先生獨自管理，他什麼都沒告訴小慶，這個房子裡只有寫著轉盤鎖數字的便條紙。」

「現在鑰匙在哪位的手上……？」

來城慶子取出便條紙，將鹿山總吉的名字劃掉，重新寫上「家」——「鹿山家」。

意思是在鹿山明的遺族手上。

「我已經和鹿山先生的兒子聯絡上了……過幾天應該會把鑰匙拿過來。」

如此說明的田邊邦代不曉得為什麼板著一張臉。發生什麼事了嗎？栞子小姐看著她的反應，一邊說：

「意思也就是說，您希望我們解開密碼，是嗎？」

來城慶子點頭，由妹妹開口：

「……聽說鹿山先生將保險箱密碼設定為和那個叫江戶川亂步的作家有關的詞彙。不過不曉得有幾個字。」

不曉得有幾個字——這話讓我嚇了一跳。真的一點線索也沒有的話，實在很難找出密碼。不對，等等，說起來除了解開密碼、找尋鑰匙之外，應該還有其他手段不是嗎？

「請問，委託業者打開不就好了嗎？」

這類開鎖業者的廣告經常可見。費用或許不便宜，不過應該不是這些人付不出來的價格。

「前陣子請人來看過，對方說沒辦法處理。」

田邊邦代嘆氣。

「太老舊，而且是訂製品，不清楚構造如何，很難開鎖。業者說只能把門破壞，又擔心傷到裡頭的東西，所以小慶拒絕了……哎，如果沒有其他辦法，也只好破壞保險箱門了。」

栞子小姐的肩膀顫了一下，我才注意到自己的失言。破壞保險箱的話，就不需要她出馬了，藏書收購一事也作廢，甚至還會失去參觀保險箱內的江戶川亂步「寶物」的機會。

我發誓今後絕對不再提這件事。

「……能夠請教鹿山先生的個性嗎？」

她對委託人說。

「方便的話，也請告訴我他的經歷和家人的事，也許能夠幫助解謎。」

來城慶子看著半空中，像是在整理思緒，終於以低沉的聲音開始說話。說話的空檔，由妹妹邦代協助翻譯。

「……他愛書，開朗，喜歡惡作劇，有時像個少年一樣……戰爭前，在雜誌上讀了連載小說之後，成了江戶川亂步的書迷……鹿山先生在學生時代也曾經想要成為推理作家……最後進入父親的公司工作……」

或許是口譯跟不上，目前還聽不出來整段話的關係。

「他喜歡亂步的哪一類作品呢？」

聽到栞子小姐發問，委託人繼續說：

「嗯，初期的《兩分銅幣》、《心理測驗》？……之類的本格派作品？他不太喜歡通俗的作品……」

田邊邦代的口譯說到這裡停住，所有人看向她。

「對不起，這對我來說有點困難。我請小慶寫在紙上，今晚或是明天送過去給你們，這樣可以嗎？」

「啊，好的，這樣可以。」

起居室裡一片沉默。

栞子小姐拄著拐杖打算起身。似乎是告退的好時機了，今天已經沒有其他事情需要繼續待在這裡。

「那麼，我們就此……」

栞子小姐開口準備告辭，又閉上嘴。只見田邊邦代的眼神似乎欲言又止。做姊姊的倒是沒注意到。

「……請問，在我們回去之前，可以再參觀一次書庫嗎？也許能夠找到什麼線索。」

請──來城慶子僅以唇語回答。

離開起居室後，只有我們兩個再度進入書庫。等一下田邊邦代應該會跟著過來。

栞子小姐開始從上而下看著靠近門邊的書櫃。我原本以為剛才的要求只是為了擺脫委託人，與邦代女士單獨談談的藉口，看樣子她是真的想要確認書庫。

「整理得不夠確實呢。」

她說。

「咦？啊，的確是。」

我也抱持同樣看法。書櫃倒下的話，書自然也會掉落地上，情況應該和地震當天的文現里亞古書堂相去不遠。屋主都動彈不得了，整理得不夠確實也是理所當然。

但話說回來，也許她原本就沒有習慣整理乾淨。畢竟她打算將這些書全賣掉，當作打開保險箱的報酬。

我模仿栞子小姐，從窗戶旁的書櫃開始看起。這裡的書櫃上空隙特別多。眼前正好是一套新潮社的《江戶川亂步選集》，當中卻塞了一本顏色完全不同、有著白色書盒的書，書名是《江川蘭子》。

「……這是什麼？」

彷彿把江戶川亂步當成女人的標題。這本也是小說嗎？我拿下那本書，走向中央的書桌。這本書上幾乎沒有髒汙，可以算得上保存完善。

從書盒裡拿出書來時，栞子小姐回過頭。她推推鏡框，凝視我的手邊。

「大輔先生，那是……」

「這名字讓我好奇。這本是小說嗎？」

「是的。江川蘭子是亂步創造的角色之一……不過，那本書……」

此時，田邊邦代出現。

「對不起，讓你們久等了。」

說著，她看向我拿著的古書。

「哎呀，找到線索了嗎？」

「不……不是。」

我說不出「只是因為好奇」。我正打算把書放回書盒裡，卻因為書封外包著的石蠟紙而手指一滑。

「啊！」

栞子小姐叫了出來。我彎下腰，勉強以掌心接住那本書，鬆了一口氣，同時把書放回書盒裡。這部作品怎麼看都不太重要，不過也許很有價值。

「小心一點，那些仍是這個家的書……給我。」

田邊邦代一臉不耐煩地伸出手。很抱歉——我低下頭把書交給她。

她把《江川蘭子》塞進入口附近的書櫃上，關上門，對栞子小姐說：

「這件事不能告訴小慶，我還有件事要拜託妳。」

「……什麼事？」

「其實鹿山先生的兒子昨天打電話來，說找不到保險箱的鑰匙。」

「咦……」

我們同時喊出聲。如果是這樣，情況可就完全不同了。

「意思是沒有鑰匙？」

我說。邦代女士抱著胳膊，仰望天花板。

「這個嘛，我也不是很清楚。不曉得是他沒有找，或是無心幫忙找……我想你們也察覺到了，鹿山先生的兒子他們很討厭小慶。鹿山先生過世後，小慶曾說想和他們見個面談談，可是直到前陣子他們都不願意。」

有這種結果也不難想像。奪走遺產的前任情婦受人歡迎才奇怪吧。

「他們也不喜歡我，所以我沒有辦法問出詳情。因此，我希望你們前往鹿山先生家，調查是否真的沒有鑰匙……你們也受理這類諮詢，對吧？」

聽到這不合理的委託，我瞬間說不出話來。她似乎誤以為我們書店是私家偵探社了。

「那種調查……」

「我明白了。我們會試試。」

栞子小姐的回答更讓我驚訝得說不出話來。她是怎麼了？居然想蹚這種渾水？

（……也沒那麼奇怪啦。）

在這裡收手的話，等於放棄收購珍貴收藏品的機會，也等於放棄知道那個保險箱的內容物——而且也無從得知篠川智惠子與這件事有什麼關係了。

但是，我無論如何都抹不掉那股隱約存在的不祥預感，好像一步步陷進去的討厭感覺。一想到過去曾發生在她身上的事情，我更應該保持警覺。我決定萬一發生什麼狀況時，要用自己的身體保護她。

「兩件事情想請教。」

栞子小姐豎起兩根手指。田邊邦代的表情也跟著嚴肅起來。

「……去年春天到現在，鹿山明先生過世已滿一年，為什麼來城女士事到如今才想要打開保險箱呢？」

「啊啊，原來是這個啊。」

邦代女士鬆了一口氣，舒緩了緊張。

「小慶一直很想打開保險箱，但鹿山家不理她，因此她遲遲無法開口。只是因為這樣……不過，歷經了重病和地震受傷等諸多事情後，她似乎改變想法了。」

「您說……改變？」

「人類不曉得明天會怎樣，對吧？現在想做的事情如果不快點做，只會徒留後悔。畢竟我們是姊妹，能夠了解彼此的心情。」

這句話說來語重心長，充滿人生體驗。這位女士現在也遠離了住慣的老家和工作，來到這塊遙遠土地上。

「然後呢，還有其他要問的嗎？」

她一邊看著窗外，一邊主動催促。坐在輪椅上的來城慶子從陽台眺望著庭院。春風吹拂著她的灰色長髮，似乎正沉浸在個人思緒之中。

「邦代女士，您知道保險箱中放了什麼東西嗎？」

「……我沒問過。」

她回答，仍注視著遠方。看她擺出同樣表情，我才意外發現她們姊妹兩人的輪廓十分相似。以前說話的聲音一定也很像吧。

「小慶說裡頭擺著重要的東西，我只要知道這點就夠了……總之，我只想按照小慶的願望處理。」

邦代女士彷彿從夢中醒來一般回過頭來，對栞子小姐深深鞠躬。

「……無論如何，拜託兩位了。」

江戶川亂步

第二章

《少年偵探團》

1

離開來城慶子的家之後，我們馬上就回到了篠川家。

行經小袋坂途中的西洋風格咖啡店前面時，我曾開口問她要不要進去坐坐，她卻十分抱歉地拒絕了我。她說前幾天剛結婚的堂姊要來家裡拜訪。篠川家的停車位上，的確停放了一輛陌生的小型自用車。

我回到位於大船的家，回顧今天一整天發生的事。一開始思考的是來城慶子的委託——尤其是金庫的內容物，我設想了各種可能性，不過等我回過神來時，發現自己在想的對象竟變成了琹子小姐。

我仗恃著她的允許、她對我的依賴，而變得有點越界。當接下來夏天來臨時，就是我們相遇滿一週年。我很早之前就決定好要和她發展成什麼樣的關係。從她提到「道謝」的樣子看來，她或許多少也察覺了吧。

正在思考這林林總總之際，琹子小姐打了電話到我的手機上。她說來城慶子送來了關於鹿山明的相關「資料」。她似乎很希望儘早讓我看看，於是我說我現在就過去吧，她則回答「如果不覺得累的話」。不管我累不累，我都覺得再和她碰個面談談比較好。

我再度騎著小綿羊前往位在北鎌倉的篠川家。太陽已經完全西沉了，氣溫變得很冷。

我在亮著燈的玄關按門鈴，就聽見篠川文香說：「我沒空開門，你自己進來。」大概正忙著準備晚餐吧。

一打開門，不出所料，我聞到了淡淡的熱湯香味。看樣子今天晚餐要吃日式料理。印象中曾經在哪見過的老舊男用拖鞋整整齊齊地擺在玄關泥土地上。看來就算不是表姊來訪也可以確定有客人。

「……不管怎麼說，姊姊還是從媽媽那裡得到了《Cracra日記》啊。別說書了，媽媽連一張字條都沒留給我耶？我覺得她太奢求了！」

我聽見從廚房傳來的聲音。還以為該不會姊妹兩個又在吵架吧，就聽到有個男人的聲音附和道：「或許是吧。」到底是在對誰說這麼私密的家務事？

「我只在這邊提喔，昨天有個住在雪之下的人到我們店裡來，說想要見篠川智惠子女士……媽媽她，現在人好像在日本。總之我希望她至少能夠回來露一下臉。我雖然也很想說說她，不過她十年前離開後就沒再回來，即使想要生氣也想不起她的長相了……啊，五浦先生，姊姊在二樓等你。」

我脫下鞋子，到廚房看個究竟。文香正站在餐桌前磨山藥泥，有個身材矮小的男人坐在旁邊椅子上，臉上帶著難以言喻的表情剝著四季豆的筋。

他的平頭上有皺紋，目光炯炯有神，年紀大約將近六十歲，在皺巴巴的紅色襯衫外頭穿著釣魚愛好者常穿的尼龍網背心。

「……你在做什麼？」

我一出聲，志田便抬起頭。這位住在鵠沼橋下的背取屋兼無家可歸者，也是我們店裡的常客。話雖如此，我還是第一次在主屋見到他。

「這兒的小姐找我來的，說要清理掉那些重複的書，如果有我喜歡的，可以便宜賣給我。」

這麼說來，現在二樓的藏書才整理到一半。志田腳下有個防水材質的背包，裡面塞滿了文庫本。志田擅長的領域是絕版文庫本。他剛才一定都待在主屋的倉庫裡選書吧。

「……然後，我們稍微聊了一下，志田先生就說既然都來了，就幫個忙吧。」

「哎，聊聊天順手做嘛。我也常常受到這位姑娘的照顧。」

「才沒有那回事！根本就是你一直在聽我抱怨而已啊。」

兩人互相微笑，露出皓齒。我不曉得他們感情這麼好。篠川文香的溝通能力之高，無論什麼時候見識到都讓我驚訝。明明只是偶爾才顧店，但搞不好她和所有常客都很親密。

我一邊聽著他們聊天，一邊不斷瞄著志田背包裡露出來的文庫本。橫溝正史的《本陣殺人事件 黑貓亭事件》（角川文庫）。我認知中《本陣殺人事件》是部有名的作品，原來這本也絕版了嗎？

「……這本啊，因為封面很罕見。書名有擺上《黑貓亭事件》出版的版本只流通了一段時期。」

注意到我的視線，志田替我說明。

「如果你想看的話，我可以借你。」

「……不，沒關係。」

我搖頭。應該是長篇小說吧。似乎很難將整本看完。

「啊，你沒辦法看書，對吧？我不曉得你是體質還是其他什麼原因，不過如果你想繼續這份工作，最好處理一下。」

是沒錯啦——我話還沒說完，不解地偏著頭。

「我跟你提過我的……『體質』嗎？」

「我也忘了是什麼時候聽小姑娘說的。」

志田拿著四季豆，手指著文香。她像是迴避手指一般將下巴對著天花板說：

「我是很早之前聽姊姊說的。對不起，莫非這是祕密？」

「不，沒什麼……我沒有特別隱瞞。」

只是因為並非不是每個人都能夠了解，所以不想告訴別人。知道這件事的人只有家人和交情較久的朋友而已。

「五浦先生，你忙完姊姊的事，要留下來吃飯嗎？要的話，我就多準備一份。」

我考慮了一會兒。這個禮拜負責做飯的人不是我。和我住在一起的媽媽說過會工作到很晚。

「謝謝……我就不客氣了。」

「別那麼客氣。志田大叔呢？」

「我不用了。等一下要去網咖洗澡。」

「吃完後再去不就好了？」

「折價券的使用期限快到了。最近大眾澡堂愈來愈少，想洗個澡都找不到地方。我收拾好就要走了。」

「咦~既然這樣，你用我們家的浴室洗澡吧。雖然洗澡水有人用過了。」

「妳的邀請我很開心，不過這可不行啊。年輕小姑娘家的洗澡水，我怎麼洗得下去。你說對吧？」

「嗯……大概啦。」

我大致了解他的感覺。雖然不曉得自己會不會拒絕，不過如果是我，大概也會猶豫。志田剝掉最後一根四季豆的筋後，起身離座。

「對了，有件事情我想問問……你們最近和一人書房的老頭發生什麼事了嗎？」

「咦？」

突然聽到這名字，我大吃一驚。

「那家店在哪裡？」

文香拌著山藥泥和生鮪魚肉塊，一邊問。看樣子今天的晚餐應該是鮪魚山藥泥蓋飯。想不到一個女高中生會做這道菜。

「在辻堂。老闆是一個難相處的老爹，不過書店很不錯喔。妳們家大姊不也挺常去捧場的？我在那兒碰見她好幾次。」

「哦，這樣啊。」

「志田先生，你經常去一人書房嗎？」

我很驚訝。因為這事我第一次聽說。

「欸？你不知道嗎？那兒離我的窩很近，而且因為那家書店願意高價收購懸疑和科幻文庫本，所以我常去。」

這麼說來，我記得那家店有不少絕版文庫本。志田經常光顧也沒什麼好奇怪的。

「那個人曉得志田先生經常到我們店裡來嗎？」

「大概吧。而且啊，我今天早上拿書去賣時，他特別囉唆，問些像是那個叫五浦的大個子不曉得怎樣了、這家店有什麼客人上門、店裡的大姊最近有沒有做啥怪事云云……」

「什麼啊？他為什麼要問這種事？」

文香皺眉。

「我也一頭霧水，所以問了他，不過那傢伙向來不會坦率回答……實情是怎樣？你們和那個老爹發生過什麼事嗎？」

「最近沒有……只是前陣子有點小摩擦，不過那件事情已經解決了。」

《蒲公英女孩》遭竊已經是好幾個月前的事情了。犯人已經找到，書也奉還了。從那件事情之後，我們再沒見過那個老闆。

「這樣啊。既然如此，到底是怎麼回事啊？」

「到底是怎麼回事呢……？」

我突然想起來城慶子家裡那本貼著一人書房標價單的《犯罪圖鑑》。她很可能也與那個老闆認識。莫非這次的委託也與他有關係？

走出廚房，我一邊煩惱著一邊走上樓梯。

2

上了二樓後，栞子小姐坐在榻榻米上等著我。身上的法蘭絨厚襯衫和針織裙看起來就像是家居服。

「不好意思，讓你跑了好幾趟。」

「沒關係……打擾了。」

房間裡飄蕩著洗髮精或沐浴乳的香氣。我想起她妹妹剛才說「洗澡水有人用過了」。我在她面前盤腿坐下，告訴她志田剛說過的話。

她的視線沒有離開我，一直專注聽我說話。或許是剛洗好澡的關係，她的臉頰和鼻尖明顯泛紅。反而是我的視線一直不斷到處游移。

「……我想，現在可以先別擔心一人書房老闆的事。下次見面時，我們再請教來城女士吧。」

說著，她把一個大型褐色信封拿給我。

我從信封裡拿出好幾張寫滿字的橫線紙。那是白天看過的、來城慶子女士的字跡。上頭清楚寫明了鹿山明的經歷。第一張紙上畫了一張譜系圖。

鹿山總吉（1902～1981）——阿初（1906～1950）

鹿山明（1928～2010）——佐智（1932～1998）

鹿山義彥（1958～）——英美（1959～）

鹿山直美（1960～）

鹿山涉（1988～）

數字是出生年分與死亡年分。現在鹿山家有四人。來城慶子的情人鹿山明生於一九二八年，八十二歲過世。

「他的年紀比來城女士大上許多呢。」

鹿山義彥、直美的年紀與來城慶子相仿。父親交往的女性與自己同年，肯定令人很不愉快。

我仔細閱讀了鹿山明的生平。愛知縣名古屋市中區出生，與父親總吉相同。上面寫著：「總吉從事過人力車車夫、旅館工作人員、攤販等許多工作，一家子很貧窮。但是，一九三三年，父親帶全家前往東京，成立橡膠產品製造公司，事業成功後，生活變得很安定。」也許是來城慶子個性的關係，這些文字內容顯得冷靜，甚至冷淡。

「與軍方做生意則是創業之後的事了吧。」

栞子小姐輕聲說。我拿起下一頁。

長大後，鹿山明進入國立大學就讀。畢業後協助父親的事業。幾年後，他成立學校法人，成為成功的綜合專校經營者。校名我也聽過。校本部位在橫濱，搭乘東海道線電車時可看見那所學校。我以前念的高中，每年也有不少人進入那間專校就讀。他還經營了國高中一貫制的私立學校和私立大學等。

內容還提到，在他過世前一年，甚至「因其從事教育活動多年，深受各界肯定，而獲政府頒發表揚勳章」。目前由兒子義彥擔任校長。

（好驚人的經歷啊。）

這個人也算是名人吧，無論怎麼看都是個認真的教育家，很難想像他會在別墅養情婦。最後一張紙上寫著鹿山家及其經營之學校的地址和聯絡方式。鹿山家的主宅就位在藤澤市的大鋸。最後還寫著鹿山明對於亂步作品的評價。

他喜歡《兩分銅幣》、《心理測驗》、《D坂殺人事件》等早期的本格推理短篇，不太喜歡《蜘蛛男》、《吸血鬼》這類通俗的長篇作品。最愛《非人之戀》、《押繪與旅行的男人》這類幻想、怪異風格強烈的短篇作品。

紙上寫著比白天提到的更詳細的內容，讀過之後會更清楚。

「本格推理，具體來說是什麼樣的小說？」

今天一整天聽到過好幾次「本格」兩字，不過我只有些模糊概念，不清楚具體的意思。

「這個詞很難簡單定義……意思是指以合乎邏輯的方式解決有線索的謎題，以誠實的形式提示線索，也就是強調解謎過程公平性的推理小說。」

「原來如此。」

我回應。感覺自己的模糊概念變成了文字。

「事實上部分亂步早期的作品，以現在的角度來看，嚴格來說也算不上公平。獨特的構思和描述方式是亂步的優點，不過他似乎不擅長處理細節的邏輯，以及架構故事。」

「這樣啊……」

「開始在雜誌上連載時，原本預定要死的角色，結果到了最後還是活著……諸如此類的情況經常發生，因此調查單行本上訂正過的地方也很有意思喔。這麼說來，他的出道作品也是故事主幹的內容有誤，直到晚年才訂正。話雖如此，這並非因為只有亂步沒注意到……」

就在快說到忘我的時候，她彷彿注意到自己的離題，說了句抱歉又看向橫線紙。不，把話題導向無關內容的人是我。

「對了，大輔先生，你對於這些內容有什麼看法？」

「咦？……嗯，條理分明。」

我再度翻了翻擺在榻榻米上的橫線紙。鹿山明的基本資訊全都寫在上頭了，就像徵信調查的結果報告書一樣。但是，不管怎麼說——

「……或許太條理分明了？」

「我也這麼覺得。」

她點點頭，以側坐的姿勢靠過來。

「這個是大約一個小時前，邦代女士拿過來的……我們離開雪之下的房子還不到兩個小時。就算我們離開後，來城女士立刻動筆，你不覺得寫得太快了？」

「不過，內容只有這麼多，如果是寫字很快的人……嗯？」

我想起來城慶子筆談時的模樣。她寫字速度十分緩慢，我不認為她這麼快就能完成這份「報告書」。

「也就是說……來城女士早就準備好鹿山明的生平簡介了？」

「我是這麼認為。」

栞子小姐點頭，豎起食指。

「還有一點。說要把生平整理在紙上送過來的人，不是寫下這些內容的當事人，而是妹妹邦代女士。來城女士可能不只給過妹妹縝密的指示，還促成了我們的談話。」

我想起田邊邦代說過的話——總之，我只想按照小慶的願望處理。

「那麼，她委託我們去鹿山家找鑰匙也是……」

「是的。我猜想，全都是她姊姊的意思……其實剛剛過來的邦代女士說她已經聯絡上鹿山義彥先生，告訴對方關於我們的事，並且約好了明天傍晚碰面。」

「呃……」

這麼做未免太強人所難，手段也太高明。她一直策劃著讓我們見見鹿山家的人嗎？

「這一切，妳不覺得奇怪嗎？」

她明明可以直接委託我們去鹿山家拿鑰匙就好了。究竟有什麼原因必須要這種手段？

「我不清楚情況，不過……我想唯一可以確定的就是她無論如何都想要打開那個保險箱。總之，對於那兩個人，我們最好別掉以輕心。」

「……妳覺得那個保險箱裡擺了什麼？」

不曉得什麼時候，我的上半身也探向前，隱約能夠感覺到眼前的她散發出的體溫。

「與亂步有關係的珍貴物品——這個說法如果是真的，我想應該不只是古書吧……很可能有特殊遺物或親筆寫的稿件。這樣的話，市價至少超過百萬日圓以上。」

「那麼貴……這麼說，妳心裡有底了？」

「……大輔先生，你在來城女士家裡時拿了《江川蘭子》，對吧？」

她突然改變話題，我不解地點點頭。

「拿了……那本也是小說嗎？」

「是的。昭和五年到昭和六年，與當時的偵探小說作家們以接力方式發表的共同小說。第一個執筆者就是亂步，故事名稱當然也是由亂步訂定。小時候父母親遭慘殺的美少女江川蘭子，長大後沉溺在歡愉及暴力的世界，歷經坎坷命運的故事。

這個企畫可說是一種遊戲，不過當時坊間發行了不少以這種合作方式完成的偵探小說。其中以《江川蘭子》的執筆陣容尤其豪華。第二個執筆者是橫溝正史，其他還有夢野久作、甲賀三郎、大下宇陀兒、森下雨村……」

剛剛才看到橫溝正史的名字。當然，就是創造出金田一耕助的作家——我記得是這樣沒錯。

「江戶川亂步與橫溝正史是好朋友嗎？」

「當然。江戶川亂步一開始在朋友介紹下認識了橫溝正史，後來力勸他寫偵探小說的也是亂步……可說是替橫溝正史提供了出道的契機。年輕時，橫溝正史也擔任過雜誌編輯，有段時期還是亂步的責任編輯。直到亂步過世為止，他們彼此間的來往長達四十年。」

「原來如此……」

我完全不曉得，原來創造出明智小五郎的作者，與創造出金田一耕助的作者關係如此深遠。

「……然後呢，那本書怎麼了？」

「亂步的初版書之中，最貴的就是《江川蘭子》了。」

房裡沉默了下來，我提心吊膽地開口：

「大約值多少錢？」

「狀態很好的話，可以賣到上百萬日圓……既然她們能夠把那麼稀有的舊書隨手亂放，表示保險箱裡應該有更貴重的物品。」

我的背後飆出冷汗。我這才發現自己以為那本書知名度很低，就什麼也沒考慮地亂碰。難怪那本書差點落地時，唯獨栞子小姐一個人慘叫。

「……我想，田邊女士大概也不清楚那本書的價值吧。」

她也是粗魯地把《江川蘭子》塞進書架上，雖然對我的笨手笨腳不耐煩，卻沒有驚恐。如果她知道價值的話，早就因為那場意外臉色大變了。

「或許吧。畢竟也常聽說舊書收藏家的家人，對於舊書一點興趣也沒有。」

我忍不住仔細盯著栞子小姐的臉看。她說得彷彿事不關己，不過篠川姊妹的確符合這情況。姊姊是重度「書蟲」，而妹妹卻幾乎對書不感興趣。話雖如此，她們並沒有因此感情不睦。這麼說來，妹妹勤快地照顧受傷的姊姊這一點也很相似。

即使嗜好不同，對於家人的情感不會改變——一般來說應該是這樣。

（別說書了，媽媽連一張字條都沒留給我耶？）

剛才篠川文香的話，仍言猶在耳。為什麼真的沒有留下任何東西給她呢？難道只因為二女兒不看書，和自己、和栞子不同，所以怎樣都好嗎？

「呃，大輔先生？」

聽到她叫我，我抬起眼，發現栞子小姐的臉比剛才更靠近了。現在的距離近到讓我難以對焦。我很清楚她只是說話說得太專注，沒有其他意思，但還是忍不住握緊了擺在膝上的拳頭。

「明天小文可以幫我們打烊，所以我打算傍晚去鹿山先生家走一趟。大輔先生呢……？」

「咦？我會負責開車，當然。」

她手按著豐滿的胸口，像是鬆了一口氣。我的眼睛不自覺地跟著她的動作。

「謝謝你。我剛才看了地址，距離車站有點遠，而且那一帶似乎有不少斜坡，還在擔心不曉得該怎麼辦。我會好好答謝你，所以……怎麼了嗎？」

「啊，沒事……『答謝我』是指什麼？」

大概是受到影響的關係，我很順口就問出這個問題。「啊。」她張開雙唇。

「討厭，我沒告訴你嗎？」

「沒、沒有。」

「獎金。」

我的腦袋瞬間一片空白。

「……啥？」

「獎金……你看嘛，我從以前就一直麻煩大輔先生陪我去許多地方，最近還麻煩你幫忙整理主屋……啊，不過，獎金沒辦法給很多……」

她不自然地扭著雙手手指。動作很可愛，可是看著這舉動的我，只覺得心底泛起寒意。不是因為生氣，而是對於自己的感情沒能夠傳達給對方的輕微絕望，以及自己之前對「謝禮」雀躍不已的無地自容，在腦海中複雜地交纏在一塊兒。

「我做這些事情不是為了得到謝禮。」

我的語氣變得超乎想像地生硬。她像是嚇了一跳，睜大鏡片後頭的雙眼。

「不需要什麼獎金……」

音量小到連我都覺得自己沒出息。哎，如果說「我不想要獎金」就是撒謊了。畢竟平常薪水也不是很多。

「不過，這次的事情解決後，妳願不願意和我出去呢？不是謝禮……而是約會。」

之前我們曾經兩個人單獨出去過，不過這還是第一次先說了這是約會。之前我一直躊躇不定，是因為她曾說過：「不會和任何人結婚。」既然她已經清楚表達過想法，我認為自己只會被拒絕。

「……約會。」

她氣若游絲地喃喃說。我等著她的回答等了一會兒，她卻沒說要去，也沒說不去，只是呆然僵在原地。總之，我認為我已經表達自己的意思了。我也已經沒有退路了。

「妳考慮看看。」

我站起身大步走出房間，走下樓梯，幾乎快要跌向前。

3

隔天，我們比約好的時間早了一點抵達鹿山家。

鹿山家位在寧靜丘陵地的半山腰上，錯綜複雜的道路盡頭。下了廂型車的我們因為充滿裝飾的鐵門及紅磚門柱而瞠目。石板小路一路蜿蜒到樹林間，從這裡看不見建築物，可見建築物的占地有多麼廣大。

「走吧。」

栞子小姐充滿春意的淺色外套翻飛。

事先說好了我們可從旁邊的側門進入，因此我們從那兒踏進鹿山家。

仔細想想，來城慶子住的房子也有一定規模。其擁有者鹿山明自己住的房子自然不可能小到哪裡去。我們等一下要見的人是真正的豪門一族。

終於看見建築物了。那是棟兩層樓的大型西洋宅邸，白色石壁在紅褐色瓦片陪襯下格外引人注目。外觀雖然美麗依舊，不過似乎已經有相當的歷史了，就算被指定為市或縣的文化遺產也是不足為奇。

「好氣派的房子……很像《少年偵探團》系列裡會出現的建築……」

栞子小姐陶醉地嘆息。

「就算怪人二十面相出現也不奇怪……」

「這、這樣嗎？」

若是平常，我早就說「妳這種說法聽來不像是稱讚」了，不過今天的我舌頭轉不過來。昨天晚上自己說出口的那些話留下的後續效應，讓我不曉得該採取什麼態度才好。我說：「妳考慮看看。」卻忘了自己每天仍舊要和她一起工作。

栞子小姐似乎和平常沒有兩樣。開口問她「妳真的有考慮嗎？」又很奇怪，所以我只能暫時觀察她的反應。

在玄關按下黃銅的門鈴後，她拄著拐杖，抬頭挺胸。與視線等高處的細長窺視窗打開，出現戴著金屬框眼鏡的男人雙眼。他眉間深刻的皺紋表達出他的情緒。

窺視窗關上後，安靜了一會兒。我以為就要這樣子一直等待下去之時，堅固的大門緩緩打了開來。

一個長臉厚唇的乾扁男子站在那兒。從他鬆垮的下巴、稀疏的頭髮判斷，年紀大約超過五十歲。身上作工精良的毛衣與打摺長褲看來很普通，不過因為太工整，總有種虛偽的感覺。讓我想到百貨公司男裝部門的假人模特兒。

「呃……我們是受來城慶子女士委託前來的篠川和……」

「啊啊，舊書店的人。田邊女士呢？」

對方以唾棄的語氣說出名字。

「今天……只有我們前來拜訪。」

田邊邦代提過，她跟著來的話，情況反而會變得很複雜，所以不過來。光是看到對方的表情這麼不悅，就能夠明白田邊女士的決定或許沒錯。雖說他看到我們也是同樣的臉色就是了。

「我是鹿山義彥。別站在這裡談，請進來。」

我和栞子小姐被領到充滿夕照光線的起居室。

氣派的家具看起來每件都是古董，老實說讓人無法安心待在這兒。我們坐在雙人座沙發上，鹿山義彥也在正對面的單人椅上坐下。

不愧是長年生活在此的人，那椅子看起來就像為他量身打造的。

「……真是氣派的房子。」

栞子小姐小聲稱讚道。

「聽說是昭和初期一位美國建築師蓋來當作自己家的。幾年後，被我祖父買了下來，不過還留下不少戰前的家具。」

鹿山義彥淡淡地說明。這時房門突然打開，一位短髮女性探頭進來。年紀大概比義彥略小，身上穿著同款式的毛衣，我想應該不是約好的。

「老公……哎呀。」

注意到屋裡有客人，她驚訝地低頭鞠躬。大概是義彥的妻子英美。我們兩個起身準備打招呼時——

「不用。」義彥伸手制止，說：

「他們是鎌倉那邊來的，很快就忙完離開了，妳什麼都不用做。」

他連眉毛都沒動一下就這樣對妻子說。對方似乎明白他的意思，再一次客套地鞠躬，便關上門。想想前因後果，不難了解他們為何有這種反應。看樣子這個家的人真的都很討厭來城慶子。

「然後呢？我聽說你們是來找鑰匙的？」

「啊，是的。」

「我已經跟那個人說過，我們家裡沒有她要的鑰匙，也不曉得什麼密碼。父親對於這件事，連一個字也沒提過。我們對那個保險箱沒興趣，也建議她們找廠商來自己想辦法打開就好……她為什麼不照做呢？」

「……因為她擔心如果裡頭的東西有個什麼萬一……」

栞子小姐沒有看著對方的眼睛，縮著身體回答。大概是鹿山義彥的態度落落大方，他們兩人的互動看來就像老師在罵學生。

「然後呢？保險箱裡面到底放了什麼？我只聽說是與江戶川亂步有關係的珍貴物品。」

「關於這個部分，我沒聽說……」

「妳不知道裡頭是什麼卻願意幫忙嗎？但是，為什麼舊書店要處理這件事？」

「令尊……鹿山明先生，呃，過去經常光顧敝店……因為這個緣故，來城女士委託我們幫忙破解密碼……」

她說話還是一樣結結巴巴，不過說得簡單易懂。沒必要連幫忙打開保險箱之後，可以收購藏書、看看保險箱內容等一一交待。

「這樣啊……」

不曉得為什麼，義彥眉間的皺紋消失了。他伸手按著太陽穴，茫然朝下看著茶几邊緣一帶。

「……在鎌倉那個房子裡收集那麼多舊偵探作品的人，真的是我父親和祖父嗎？」

「我沒有見過他們兩位……不過，根據敝店的顧客名冊，上頭的確留著鹿山明先生的名字和鎌倉的地址……呃，不好意思，請問您不知情嗎？」

「不知道……」

他低語，伴隨一聲嘆息。我終於見到這個男人出現普通人的反應了。

「說起來，我根本沒聽說過那棟房子的存在。父親猝逝後，我們看到遺書也很驚訝。家裡的人大家反應都一樣。似乎只有父親的顧問律師老早就知道一切……」

我身旁的栞子小姐點頭點得有些遲疑。一下子扯到私事，她似乎猶豫著不知道該在哪個時間點開口。

「結果，事情依照遺書進行。對我們來說，那個人的存在公開了也會很困擾……也希望你們把這些情況考慮進去。」

「當、當然。請……放心……」

很遺憾，我家老闆在這種時候還是會結巴。大概是無法放心吧，鹿山義彥的眉頭再度深深皺了起來。

我稍微了解狀況了。看過這棟宅邸就能明白，鹿山家的人擁有相當雄厚的資產，我原本以為他們與來城慶子會為了分財產而起糾紛，看樣子並沒有。

鹿山義彥反而害怕身為「教育家」的父親多年來包養女性的事情為世人所知。繼承父親成為校長的這個男人，想必有許多地方必須費心注意吧。

他會不情願地與我們這兩個陌生人談話，或許也是不希望刺激來城慶子，所以沒有拒絕。

「您……拜訪過鎌倉的來城女士家吧？」

栞子小姐問。

「地震過後，第一次去……在那之前只有在電話上談過。」

「為什麼突然親自碰面了呢？」

對了，那對姊妹也說過：「可是直到前陣子，他們都不願意。」表示見面是最近的事。

「我總不能拒絕病得那麼重，甚至還受傷的人吧。」

鹿山義彥回答：

「最近半年左右，對方不再找我們談什麼，我正覺得奇怪，問了我們家律師後，才知道他曾經多次有事前去拜訪，對方卻都不在家。當時大概已經住院了吧。」

來城慶子半年前接受過手術。符合我們聽說的情況。

「她似乎一直以為我這裡有鑰匙和密碼。一知道不是這樣，她似乎很不知所措。我說姑且會幫忙找找鑰匙就離開了，可是……」

鹿山義彥輕輕搖頭。雖然聽不太出來，不過隱約能夠感覺到他對來城慶子的同情。

「請問……您調查過來城女士的經歷和家人嗎……？」

我想起昨晚琹子小姐提過，必須留心來城女士姊妹倆的行動。她也想收集關於她們兩姊妹的資訊吧。鹿山義彥似乎抓不著這個問題的企圖，不過回答沒有太猶豫。

「調查過了。她是宮城縣人，有一個妹妹和一個外甥。父母親在二十年前就過世，家裡也沒有算得上親戚的親人……這些事情你們不清楚嗎？」

「……她、她沒有提到自己的事……呃，為了找出密碼，我希望多了解一點來城女士的事情……如、如果方便的話，您能否告訴我鹿山明先生與來城女士認識的經過呢？」

她的態度依舊低調，不過問題卻相當大膽。鹿山義彥的表情變得苦澀——但是，或許是注意到即使迴避問題也沒有意義吧，於是他癟著嘴開始說明：

「……那位女士不是在富裕家庭中長大，上大學也是靠領私人獎學金。那個提供獎學金的財團理事就是我父親……學生畢業時會舉辦聯歡會，理事也會參加，聽說他們就是在會上認識的。她原本似乎有意繼續上研究所，打算成為研究員。」

「研究員嗎……」

「聽說她專攻近代大眾文學……特別是初期的偵探小說。當然也包括江戶川亂步。」

那類型的聯歡會，話題很自然會提到學生的專攻。結果雙方就在意想不到之處找到同好了。

「我從我家律師那兒聽說，他們剛認識的前幾年，只是定期會碰面、聊聊興趣而已。父親請她吃飯，或是介紹打工……他也經常為其他年輕人做這些事。他天生就喜歡照顧別人……」

鹿山義彥說到這裡停了一下，像在搜尋記憶似地抬高視線。

「那位女士研究所畢業後當上講師，不過光是這樣似乎不夠生活，還兼差打工。結果弄壞了身體，失去工作，連住的地方都沒有，於是父親讓她住進鎌倉的房子……這已經是二十五、六年前的事了。」

「……鹿山總吉先生過世之後，對吧？」

栞子小姐說。我想起那張譜系圖。二十五、六年前的話，大約是一九八五年左右，當時鹿山明的妻子仍然在世。

「對。進出鎌倉房子的人只有我父親。一開始他只是僱她管理房子和藏書，結果……嚴肅的父親終究是個男人。」

他摻雜苦笑的聲音中也帶著失望。對於鹿山義彥來說，父親原本是他的驕傲。他的失望也是由尊敬所生吧。

「……您的父親他是否對家人提過亂步呢？」

「不，完全沒有。」

鹿山義彥果斷地否認。

「我們甚至不曉得他喜歡閱讀偵探小說。在家時，父親多半待在書房裡，不過那兒別說亂步了，連一本小說都沒有……他嚴肅又沉默寡言，這樣說有點失禮，不過他是個無趣的人。至少在我看來是這樣。」

真奇怪——我心想。

我記得來城慶子提過他是「愛書，開朗，喜歡惡作劇」的人。與現在聽到的說法完全相反，簡直像另一個人。為什麼會有如此大的差別呢？

「因為父親是這樣的人，所以我們家對於小孩子的娛樂也相當嚴格。即使用自己的零用錢也不可以買漫畫，也幾乎不讓我們看電視。准許我們閱讀的只有偉人傳記、百科全書，還有父母親挑選的兒童文學而已。」

「咦……」

栞子小姐驚叫。這種情況對於從小就能夠閱讀各種愛書的她來說，簡直就是地獄。的確，光是想像就教人快要窒息。

「那是……您的父親禁止的嗎？」

「不，主要是母親的教育方針吧。母親生長於高階軍官家裡，一方面也因為是長女，因此家教相當嚴格，所以母親管教小孩也很嚴格……哎，既然父親對母親的做法沒有發表意見，表示他也是同樣看法吧。哪知道他居然藏了那麼多自己喜歡的偵探小說。」

「可是，為什麼必須藏在其他房子裡呢？」

我忍不住插嘴。我從剛才就對這一點感到不解。

「他應該也可以把書擺在這個家裡啊，而且他甚至瞞著家人……」

「事到如今，詳細情形也無從得知了。也許是職業關係，他擔心在外名聲不好聽。亂步寫給一般成人看的小說有很多殘忍的描述吧？將年輕女子的屍體分屍、埋在石膏裡做成裝飾等等……」

即使如此，我還是無法理解。這個家裡連亂步以外的小說也一本都沒有，未免太極端了。我相信一定有其他原因。

「這麼說來，只有《少年偵探團》系列例外。」

鹿山義彥突然想起後說：

「父親幫我收集了全套。去了書店好幾次才買齊，共有二十五、六本。即使是那種程度的內容母親也覺得太刺激了，所以沒有給什麼好臉色……因為父親是江戶川亂步的書迷吧。」

「鹿山先生這個世代的人，閱讀的應該是POPLAR出版的《少年偵探：江戶川亂步全集》，對吧？」

一變成書的話題，栞子小姐突然抬起頭，口齒清晰地說話。與剛才的她簡直判若兩人。

「從冊數看來，您的父親只買了亂步專為少年而創作的小說吧？封底是不是蜘蛛標誌和西洋頭盔標誌兩種都有呢？」

鹿山義彥稍微放鬆了表情。

「不愧是舊書店的人，真清楚。妳說得沒錯。我家沒有其他像樣的娛樂，所以反覆閱讀了很多次。」

「在這間房子的話，讀起來一定很有臨場感吧。好羨慕！好像怪人二十面相真的會出現一樣……」

她環視起居室，說了和剛剛一樣的話。我擔心對方會不會因此生氣而嚇出一身冷汗，沒想到他卻愉快地探身向前說：

「沒錯，我曾經想像怪人從窗外偷窺，或是找到不可能存在的預告信。」

「那麼，您也玩過少年偵探團遊戲囉……」

「當然。我是團長，妹妹和鄰居小孩是團員。我們在院子裡挖了好幾個陷阱，預防怪人二十面相來襲，還被母親痛罵了一頓……」

原本說得起勁的義彥突然回過神來，閉上嘴。他咳了一聲，再度靠回沙發裡，恢復剛才不悅的表情，彷彿重新戴好面具。

「不過，我準備升上國中的時候，就不再玩那些遊戲了。」

一邊說著，他一邊離座站起，低頭看向仍坐在沙發上的我們。

「閒聊就到此為止吧。總之，請你們告訴那位女士鑰匙沒找到。」

他顯然打算趕我們離開。但是，栞子小姐沒有退讓。她的開關似乎還開著。

「有兩件東西想麻煩您讓我們看看。看過之後，我們就會離開。」

對方瞇起雙眼，明顯擺出警戒的態度。

「看什麼？」

「如果您手上還有的話，我想看看那套POPLAR出版的《少年偵探：江戶川亂步全集》。」

「……理由是？」

「有件事想要確認一下……很快就會結束了。」

義彥轉開視線，想了一會兒，終於不情願地點頭。

「哎，好吧。那套書應該一直擺在置物間的書架上。其他呢？」

「我想看看令尊的書房。」

她彷彿順便一提般地這麼說。

4

被稱為置物間的房間就位在宅邸角落，是一間面向北方的潮濕小房間。裡頭擺滿了覆滿灰塵的家具和彷彿博物館才會出現的老電器。每一樣都看似可賣出不錯價錢的古董——會這麼想的我顯然就是個平凡的小老百姓。

書櫃擺在四腳電視機旁，櫃上是成排的江戶川亂步著作，以及舊百科全書和英語會話教材。書背上的標誌的確有蜘蛛和西洋頭盔兩種，並未看見我熟悉的笑容面具——黃金假面標誌。

「……這些是標誌換成黃金假面之前的版本。」

栞子小姐小聲為我說明。她的說明內容比平常簡潔，八成是顧慮到旁邊抱著胳膊的鹿山義彥吧。他看來比剛才更不愉快了。哎，這也難怪——他剛剛雖然答應了栞子小姐的要求，但誰知道他什麼時候會改變心意。

「大輔先生，你能不能幫我拿幾本下來，讓我看看版權頁？拿有蜘蛛標誌的。」

她的一隻手要拄拐杖，於是我點頭。

看起來蜘蛛標誌的書背是系列前半，西洋頭盔標誌的書背是後半。前半的書都變得破破爛爛，後半的書比較完好。我依序抽出蜘蛛標誌的《怪人二十面相》、《少年偵探團》、《透明怪人》，翻開版權頁。

「……前面幾冊經常翻閱呢。」

我對鹿山義彥說，希望多少能夠緩和現場氣氛。

「因為父親買後半套給我時，我已經上國中了。」

語氣聽來冰冷，不過聲音聽得出他還能克制自己。我稍微鬆了一口氣。

「果然每一本都是昭和四十年代前期（一九六五～一九七〇年）的版本……大輔先生，也幫我拿幾冊西洋頭盔標誌的版本下來。」

「好的。」

這回我選了《魔法博士》、《惡魔人偶》、《二十面相的詛咒》如法炮製。這幾本的外皮比較接近我小時候見過的《少年偵探團》。拿著無線電的小孩插圖旁邊大大地寫著「鹿山義彥」。這麼說來，其他書封上似乎也有署名。

「……您在所有書上都寫了名字嗎？」

我再度開口問義彥。他的表情變得比剛才更嚴肅。

「家妹常常擅自拿走，所以我氣得寫上自己的名字。我當時也還是小鬼。我要她絕對不准碰我寫了名字的書……話說回來，你們還沒看完嗎？」

「對不起，看完了。大輔先生，可以放回去了。」

我把《二十面相的詛咒》放回原本的位置。栞子小姐轉頭面對鹿山義彥，彬彬有禮地行禮。

「謝謝您的協助……那麼，接下來前往令尊的書房。」

「在那之前，我想先問問妳剛才在確認什麼？」

「版權頁……這些每一本都是鹿山先生少年時代出版的版本，沒有其他版本了。因此我想您的父親是專程為了您而買下這套全集。」

「這不是廢話嗎？所以我才問妳這是怎麼回事啊。」

栞子小姐沉默了一會兒，終於苦惱地搖搖頭。

「……請讓我看過書房後再行解釋可以嗎？我想按照順序說明比較清楚。」

一聽她這麼說，也只能讓她看書房了。義彥輕啐了一聲，先一步走了出去。她則拄著拐杖隨後跟上。

真的有必要按照順序說明嗎？或者只是為了確保看到書房而採取的拖延戰術呢？不管是哪個原因，我都認為她很了不起。

鹿山明的書房位在二樓，從房門開始就與其他房間不同。漂亮的房門上有橫長的嵌板裝飾，扎實又沉重，栞子小姐一隻手打不開，必須由我幫忙推開。

「這是整塊檜木打造的門。小時候常常因為門很難打開而吃盡苦頭，不過父親很喜歡。裡頭的家具也全都用檜木打造。」

我們聽著義彥的說明，進入書房。裡頭比想像中更寬敞，天花板也很高。左右牆壁都是訂做的書架，正面的窗戶前擺著與房門同樣顏色的大書桌。進入這裡的人，勢必會與坐在書桌前的主人面對面。入口旁邊擺著待客的沙發茶几組，似乎與一樓的一樣。這房間的布置讓人不自覺聯想起校長室。

「只有這間房間幾乎維持父親生前的樣子……我話先說在前頭，這裡沒有鑰匙。我們也姑且找過一遍了。」

義彥叮囑道。栞子小姐看向書架。

「令尊經常待在這裡吧？」

「……用餐完畢後，直到睡前為止，幾乎都待在這間書房裡。他會在這裡工作，也多半在這裡與熟識的客人會面。」

書架上有許多歷史、教育相關的書籍。我看到一整排的《日本思想體系》和《明治文化全集》。其他還有人名辭典、外語辭典、點字及手語相關資料等——大多是符合菁英教育家形象的內容，不過我注意到幾乎看不到個人的嗜好。這裡就像圖書館的書櫃一樣。

「令尊在這間宅邸的藏書只擺在這裡嗎？」

「……是的。」

「所有人也都會閱讀嗎？」

「我和妻子經常借來查資料。父親生前就常說可以自由閱讀……怎麼了嗎？」

栞子小姐在角落的百葉門前停下腳步。

「可以看看裡頭嗎？」

「……請。那邊已經整理過了，裡頭是空的。」

呼——鹿山義彥吐出一口氣，似乎想要平息自己的不耐煩。

他還沒說完，栞子小姐已經打開百葉門。裡頭似乎是收納空間。栞子小姐拄著拐杖將上半身探進去，到處檢查。最後，終於把百葉門關上。

「……原來如此。」

她得到了她要的答案，卻沒有任何解釋。

「妳從剛剛開始在調查什麼？也差不多該告訴我了吧？」

鹿山義彥提高了音調，似乎已經快要忍耐到極限了。栞子小姐沒有受到影響，輕聲開口：

「我從參觀來城女士家裡書庫時，就覺得很不可思議……為什麼那兒只有亂步寫給一般成人看的作品呢？」

「什麼意思？」

我一如往常地問道。栞子小姐從百葉門一邊走向書桌一邊回答。

「那裡沒有任何一本《少年偵探團》系列等寫給兒童看的小說。那間房子的收藏品之中，正好少了那些系列作品。」

我試著回想，注意到的確沒有我也知道的《怪人二十面相》、《少年偵探團》系列。如果擺在書櫃上的話，應該會有印象。

「那些小說的風格與寫給一般成人看的小說不同，有什麼奇怪的？這點有那麼重要嗎？」

鹿山義彥一臉錯愕地說：

「再說，我也很難想像家父會收藏《少年偵探團》。比起他喜歡閱讀寫給成人看的小說，更不符合他的形象。」

話雖如此，他的兒子現在卻仍完整保存著整套POPLAR社出版的全集，我覺得要說不符合形象，兒子也不輸給老爸。

「但是……我記得他喜歡『初期的本格推理短篇』吧？他似乎對亂步的這類作品評價很高不是嗎？他不是討厭寫給兒童看的作品嗎？」

「客觀的評價另當別論，收集過去愛看的作品很合理吧？鹿山明先生成為亂步書迷的契機，很有可能是因為《少年偵探團》系列。」

「妳怎麼知道？」

沒有人提過這件事。我記得那份「報告書」中也沒有寫。

「我們知道鹿山明先生他『在戰爭前讀了雜誌連載的小說，因此成為亂步的書迷』，對吧？但是，他出生在一九二八年……昭和三年。能夠閱讀小說，最快應該也要到昭和十幾年。

當時，亂步的《怪人二十面相》熱賣，於是開始在雜誌上連載寫給成人看及寫給兒童看的兩種作品……戰前最後在雜誌上連載的作品是寫給成人看的長篇小說《幽鬼之塔》，而連載結束於昭和十五年（一九四〇年）……」

「啊，原來如此。」

我終於了解。昭和十五年時，鹿山明也才十二歲。

「閱讀寫給成人看的小說稍嫌太早……啊，不對，或許凡事總有例外……」

她說到一半，自己也發現了。我忍住笑意。這個人也是一個從小就看寫給成人看的書的「例外」。

「……呃，那個，請問我可以打開抽屜嗎？」

她對鹿山義彥這麼說。他露出一副「隨便妳」的態度輕輕揮手。栞子小姐一一打開抽屜確認內容物。

過了好一會兒之後，她才繼續剛才中斷的話題。

「……因此我想到，他不是不喜歡《少年偵探團》系列，應該說這是他最愛的作品，因此將它們擺在自己家中某個……隨時能夠拿到的地方。」

我想起擺在置物間書櫃上的《少年偵探：江戶川亂步全集》。

「那麼，就是我們剛才看到的POPLAR社系列嗎？」

聽到我的話，義彥皺起眉頭。

「別開玩笑了，那套是我的東西，不是父親的。」

「是的。那一套是鹿山先生的。」

栞子小姐毫不猶豫地贊同。

「POPLAR社出版的全集太新。如果很早之前就成為書迷，收藏應該更舊……很自然會想到他收藏了其他出版社出版的單行本。」

「咦？其他出版社也有出嗎？」

我還一直以為是同一家出版社出版的。

原本低著頭的栞子小姐看了我一眼後微笑。看樣子接下來要進入正題了。今天一整天在她身上感受到的困窘，不曉得什麼時候已經煙消雲散。向她請教書的事情，果然很愉快。

「是的。最早的單行本是戰前的講談社版本……還有戰後光文社出版到《鐵人Q》為止、共二十三本的《少年偵探：江戶川亂步全集》最為有名。我認為這兩個版本的其中一套，或是兩個版本都在這棟宅邸的某處……」

「這個家裡沒有那種東西。」

鹿山義彥立刻否定。

「父親過世已經一年了，如果那些書擺在某個地方的話，應該早就被人發現了才對。」

「是的……如果只是擺在某處的話，或許會被發現。但是，如果是小心翼翼地藏在某處，情況又如何呢？比方說，藏在祕密書櫃之類的地方。」

「愚蠢透頂，又不是亂步小說的情境。再說，不可能有人特地做出這種東西吧。」

他不屑地冷笑。這個想法的確很突兀，我卻無法全盤否定。既然鹿山明先生不是普通的亂步迷，也許反而樂於製作這類機關吧。就像喜歡閱讀《少年偵探團》的孩子會在宅邸的庭院裡挖陷阱一樣。來城慶子也說過自己的情人「喜歡惡作劇，有時像個少年一樣」。

「您說過沒有找到鑰匙，對吧？」

栞子小姐繼續說。

「鹿山明先生對家人隱瞞了所有與亂步有關的事物。如果保險箱的鑰匙也和《少年偵探團》的單行本一樣的話……」

「夠了！」

義彥不耐煩地打斷。

「妳所說的一切都只是想像，妳有什麼證據證明家父擁有舊版的《少年偵探團》？」

「……請看這個。」

她從拉開的抽屜裡拿出一個小東西放在桌面上。

「我也想找出證據，所以才會進行搜尋。」

我和義彥靠近書桌。那是金屬製的圓形徽章，上頭的「ＢＤ」兩個英文字母化成圖案。

「這是什麼？」

「ＢＤ徽章。這個設計也很棒對吧？」

她語帶興奮地說——呃，我也看得出來是ＢＤ啊。

「呃，我的意思是……這是什麼徽章？」

「Ｂ是BOY，Ｄ是DETECTIVE，也就是少年偵探團的簡稱。這是少年偵探團的徽章，也是這系列作品中經常出現的小道具。光是這個小道具就有許多用途喔。」

我突然想起在來城慶子家書庫中看到的合成樹脂黃金假面。小說中出現的物品存在於現實當中，這就表示——

「這個也是促銷或宣傳用品嗎？」

栞子小姐睜圓了眼睛，驚訝和喜悅在她的臉上蔓延開來。

「是的！你知道？」

「不知道……只是猜猜。」

「只是猜猜就猜對了？好厲害啊！大輔先生，你好厲害！」

不可思議的感動一點一滴湧上心頭。我已經很久沒有被人這樣盡情盛讚了。我沉浸在飄飄然的喜悅中，她開心地對我進一步說明。

「最早是昭和三十年（一九五五年），連載《少年偵探團》系列的雜誌《少年》製作來當作抽獎贈品。那一次大獲好評之後，之後的各種企畫附錄或贈品都會附上，甚至後來還可以郵購了。不同時期的設計各有些許不同，不過我想這一個徽章應該是贈送給購買單行本讀者的特別禮物。」

「……特別禮物？」

「是的。昭和三十年代（一九五五～一九六四年），光文社出版的《少年偵探：江戶川亂步全集》的單行本中，每一本都附有一張兌換券。集滿三張就可以獲得一個免費的ＢＤ徽章。」

我在腦中整理她這段話。既然那個特別禮物出現在鹿山明使用的書桌裡，這就表示——

「……鹿山先生擁有至少三本光文社的單行本，對吧？」

我雖然不清楚那些書是不是藏在祕密書櫃裡，不過至少可以確定一定存在於某處。

（她還是一樣厲害。）

我打從心底感到佩服。同樣是厲害，她並非像我一樣「只是猜猜」，而是透過手上的一點點線索，慢慢靠近藏書。一般人看不見的東西，只要是對於古書擁有卓越洞察力的她，或許就能看得到。

我突然回頭看了看鹿山義彥。只見他雖然不發一語，卻似乎已經不再生氣。他以深沉的眼神一直盯著那個徽章，彷彿要把它吃了。

「我記得曾經看過這個……在很久以前。」

他小小聲地說。

「什麼時候？」

我問。

「大概是我國中一年級或二年級的時候……我記得和附近朋友在外頭玩耍的妹妹就戴著和這個一樣的徽章。因為那個特殊設計讓我覺得很怪……為什麼我沒注意到那是ＢＤ徽章呢……我明明那麼喜歡那個系列。」

我倒覺得沒注意到很正常。如果不知道ＢＤ徽章確實存在，自然不會注意到。何況他當時已經不再看《少年偵探團》系列了。更重要的是，為什麼他的妹妹擁有這個徽章？

「如果方便的話，我也想請教令妹一些問題……請問她目前住在哪兒呢？」

聽到栞子小姐的問題，義彥苦笑道：

「就住在這裡。離婚後搬回娘家了。」

原來她離婚了。這麼說來，家譜上的姓氏也寫著「鹿山直美」。

「她不管到了幾歲仍像個孩子。今天也出門去打工了。她說可能會加班……她的工作跟你們也有點淵源。」

「您的意思是？」

「家妹工作的地方是舊書店。剛才我也說過吧，有個鄰居小孩以前經常和我們兄妹倆一起玩少年偵探團遊戲……他長大後，辭掉上班族工作開了舊書店。你們或許也聽過——」

鹿山義彥停頓了一下，說出書店店名。

「就是位在辻堂的一人書房。」

5

離開鹿山家後，我們再度坐上廂型車，前往辻堂。鹿山義彥幫我們打電話到鹿山直美的手機，但或許因為正在工作，電話沒有接通。猶豫了一會兒，我們決定直接前往一人書房。

車子開上國道後不久就遇上交通阻塞。正好開到彎道處，可看見車子的尾燈綿延不絕直到遠處。太陽沉入西邊的天空，夜晚正要開始。

（塵世是一場夢，夜裡的夢才是現實）

我想起亂步的話。話雖如此，現在作夢還太早。在現實世界裡，我們有必須思考的事。

我問坐在副駕駛座的栞子小姐。從昨天志田的話聽來，我原本一直覺得一人書房的老闆——井上也許和這次事件有關，沒想到關係居然如此深遠。

「妳有什麼想法？」

「只是覺得果然是這樣……解開了心中的疑惑。」

栞子小姐點點頭。什麼東西果然是這樣？

「妳在說什麼？」

「我昨天說過吧？一人老闆……井上先生對於亂步有特殊的情感。」

「啊！」

我不自覺轉向她。

「這麼說來，我原本正想問那是什麼意思？」

「我提過亂步成為作家之前，曾在千駄木的團子坂經營舊書店對吧？店名叫作『三人書房』。因為那是亂步與兩個弟弟，三個人一起開的書店，才取了這個名字……我想一人書房的店名就是玩這種語言遊戲。」

原來如此——我心想。井上一個人經營，所以叫做一人書房。哎，雖然僱用了青梅竹馬的女性當兼職店員。既然他們小時候一起玩少年偵探團遊戲，也許兩人都是亂步迷。

「咦？這麼說來，我們應該見過鹿山直美才對啊，就是去年秋天時。」

當時因為「打賭」的關係，我必須按照栞子小姐的要求，陪她巡遊各家舊書店，最後來到一人書房。當時老闆不在，有位中年女性坐在收銀台前。

「應該是吧。」

栞子小姐點點頭後，突然正色。

「一人老闆也許知情。」

「……咦？」

「鹿山明先生瞞著家人的興趣……以及來城女士的事情也是。雪之下的房子裡不是有購自一人書房的舊書嗎？」

「對喔……」

鹿山明他們如果是一人書房的客人，這關係可就意外複雜了。而兒子義彥對於父親的祕密似乎完全不知情。

「鹿山直美女士也許知道些什麼。畢竟她在那裡工作。」

根據哥哥的說法，鹿山直美過去嫁到位在關西的日本和服店，三年前離婚後就回到娘家來了。從那之後便一直在一人書房打工。他們與鄰居井上家似乎是長年的世交了。

「事實如何還不清楚……不過我很難想像她會完全不知情。再加上還有ＢＤ徽章。」

「妳認為那個徽章是她的父親給她的嗎？」

「或是她偷偷拿出來玩的……當然還有其他得到徽章的方法，但是不管怎麼說，鹿山直美女士上小學是在昭和四十年代（一九六五～一九七四年），不太可能弄到昭和三十年代在市面上販售的徽章。」

總之，只有先見個面談談了——我們原本是為了來找保險箱的鑰匙，情況卻有了意想不到的發展。擺著《少年偵探團》系列的「祕密場所」真的存在嗎？我也不知道，不過也許能夠得到什麼線索。

遠方的紅綠燈變燈了，車陣總算開始前進。

一人書房位在辻堂車站附近一處寧靜的角落。我們把廂型車停在書店附近的路旁後下車。由於早已過了營業時間，門上掛著準備中的牌子，不過店內仍亮著燈。從對街隔著玻璃，可看到一位身穿圍裙的女性正拿著雞毛撢子清理後側書架。身形嬌小清瘦，長髮在背後紮了起來。她雖然告訴哥哥要加班，不過工作看來不是很忙碌。

「大輔先生，一人老闆的車子不在。」

栞子小姐指著位在書店旁邊、月極集團經營的停車場。雖然不曉得井上開什麼車，不過那兒的確空了一個停車位。

「……也許去客人家裡收購圖書了。」

既然這樣，也就無怪乎那位女士閒得發慌了。可能要等老闆從某處人家帶回舊書，她才能幫忙整理。

總而言之，井上不在店裡或許算得上幸運。那個男人不可能給栞子小姐好臉色看。稍早沒有打電話到書店裡，也是怕如果接電話的人是老闆，八成才報上名字就會被掛斷。

我們打開門，女士轉過頭來。長臉和哥哥義彥很相似。細長的眼睛也讓人印象深刻，臉上有著她這年紀會有的憔悴。的確是我們之前在這家書店見過的人。

「一郎，你回來……哎呀，很抱歉，我們已經打烊了。」

一郎這個稱呼的餘音仍在我耳裡迴盪。這位女士一直是這樣稱呼那位老闆嗎？這麼說來，我記得井上的全名是「井上太一郎」。雖然我覺得一郎這個暱稱一點也不適合他。

「呃，那個……我們是文現里亞古書堂的人……現在方便請教您幾個問題嗎？正好有些麻煩事……」

「你們是來找我的？」

對方相當不解。從她聽了我們的店名也毫無反應這點看來，她八成不清楚井上與篠川母女交惡的事。

「是的……其實我們剛才也和您的哥哥鹿山義彥先生談過話……」

栞子小姐吞吞吐吐地把情況解釋了一遍，說我們因為來城慶子的委託，想找出保險箱的鑰匙和密碼，為此，我們正在調查鹿山邸內是否存在某個地方，藏著與亂步有關的東西。

鹿山直美只有聽到委託人名字時變了臉色，不過仍然耐著性子聽到最後。

「……很可惜，我沒有線索能夠提供。」

她淡然地說：

「家父幾乎不和我說話。他不是會疼愛女兒的人……就算父親在哪裡做了祕密基地，也不會告訴我吧。既然哥哥也不知道，我想現在應該沒有任何人知道。」

我無法判斷她是否扯謊。「這樣啊……」栞子小姐點點頭，繼續說下去。她看來已經稍微習慣與鹿山直美說話了。

「您也喜歡《少年偵探團》系列，沒錯吧……？我聽說您們曾經一起玩少年偵探團遊戲。」

「嗯，是啊。真懷念。」

她突然微笑起來，露出雪白牙齒。那張笑臉與其說是年輕，不如說看來有點稚氣。她給人的印象本來是沉著穩重，不過或許這個樣子才是原來的她。哥哥義彥也說過她「像個孩子一樣」。

「哥哥扮演團長，我和一郎扮演團員。我好羨慕父親買了那個系列給哥哥。因為哥哥不願意借我，所以我一開始是向圖書館借閱，半夜偷偷看……」

說到這裡，她的表情突然變得陰鬱。

「可是，不久母親就開始禁止我們閱讀那套書。」

「咦？為什麼？」

栞子小姐驚叫。她對於禁止看書之類的話題反應很大。

「我和哥哥他們玩少年偵探團遊戲時，我曾經提議在院子裡挖個陷阱。母親發現後，所有人都被罵了一頓，不過只有我一個事後遭到更嚴厲的責備。母親說，女孩子居然閱讀男生看的通俗讀物，太不像話了。於是她沒收我的學校圖書室和市民圖書館的借書證當作處罰……直到國中為止。」

「……」

栞子小姐說不出話來，看樣子受到很大的震撼。她一定想像了如果事情發生在她自己身上該怎麼辦吧？我代替她繼續接下去說：

「這樣不會太過分了嗎？」

「是啊。我想當時也很少有哪家的父母親這麼嚴格。但是，對於母親來說，她也許只是把父母親對她的管教方式用在我們身上而已。」

鹿山義彥也說過，他母親或許因為身為長女，因此家裡對她的管教甚是嚴厲，而鹿山直美也同樣是鹿山家的長女。

「現在想來，我多少能夠了解母親的心情。因為她在軍人家庭長大的關係，戰爭結束後好像吃了不少苦頭，才會老是在意他人的目光，嚴以律己。這部分，父親也有一半很像她。」

一半？這是什麼意思？——在我開口問之前，她的表情變得開朗，似乎重新打起了精神。

「不過，只是被禁止，我可不會退縮。我會趁著半夜偷偷拿走想要看的集數，躲在被子裡閱讀……也繼續和一郎玩著少年偵探團的遊戲。」

「整個系列當中，妳最喜歡哪篇作品呢？」

栞子小姐似乎從打擊中恢復了，她開口問道。

「其中也有幾篇寫給女孩子看的作品，對吧？《塔上的魔術師》，以及……尤其是《魔法人偶》吧。一開始因為作品名稱叫『人偶』，覺得很怪異而引起我的興趣……等回過神來才發現我已經看到無法自拔了。」

「我也很愛那篇！」

眼鏡後側的眼睛啪地亮了起來。

「那部以人偶為主題的奇特作品，真是後期的傑作呢！少年偵探團與擁有神祕力量，能夠把人一點一點慢慢變成人偶的怪老頭對決……一半是人、一半是人偶的謎樣美少女訴說著變成人偶的美好，那一段寫得真是太棒了！」

「那段真的寫得很好。後半段少女偵探花崎真由美打扮成男生潛入敵營……」

「沒錯！她和口袋小鬼一起去！」

「對對對，敵營的地下室變得像叢林一樣，他們還突然遭到大猩猩攻擊……那個時候讀到那一段，真的好緊張啊。」

兩位女士說得欲罷不能，我完全處於狀況外。儘管如此，我還是有想問的事情，所以看準了時機，開口問栞子小姐。

「……明明是少年偵探團，卻出現少女偵探嗎？」

「《少年偵探團》多數作品雖然在出給少年看的雜誌上連載，不過有幾篇是發表於少女雜誌《少女俱樂部》上。大概是配合發表作品的雜誌，增加少女出場戲分吧。花崎真由美是少年團員們仰慕憧憬的『姊姊』，發生意想不到的狀況時，她也擁有指揮權，這是故事裡的設定。」

栞子小姐流暢地解釋著，並順勢對鹿山直美開口：

「我聽說您擁有BD徽章，是哪位贈送給您的嗎？」

直美突然緊閉雙唇。店裡瞬間變得悄然無聲。

「不，不是那樣……我擅自把父親抽屜裡的徽章拿去玩了。當然每次都會放回去。」

「您問過令尊，為什麼擁有BD徽章嗎？」

「不，我怕他會把徽章藏起來，這樣我就頭痛了……再說，我也不是很有興趣知道。」

這藉口聽來很虛假。在嚴厲父親的書桌裡發現那種東西，照理說應該會覺得可疑。怎麼可能不好奇。

「關於江戶川亂步的收藏，您是否曾經聽令尊提過呢？」

「沒有。」

她的回答很冷漠。每次問到她父親的事，她的態度就愈來愈強硬。

「妳說的是在鎌倉那個人家裡的東西，對吧？」

「是的……請問，您見過來城慶子女士嗎……？」

「父親過世四十九天後，她寫了好幾封信過來。對方大概認為我同樣是女人，比較容易袒護她吧。我連信封都沒拆，就直接把信退回了。」

她以冰冷的視線看向我們。

「你們為什麼要接受那種人的委託？」

「關於這一點，我剛才已經說過……」

「家父在妳店裡買過書，對吧？既然你們會接受這種委託，表示你們早就知道她的存在。你們明知道家父搞不倫，還瞞著我們這些家人對吧？」

「咦……」

對方平靜的怒意似乎讓栞子小姐無以反駁。一方面我們本來就不可能干涉顧客家裡的私事，再說，栞子小姐之前也沒和鹿山明或來城慶子打過照面。

「那個是……」

我正欲開口反駁，卻心上一緊。我看見入口玻璃門那一側出現半個人影——像鐵絲般消瘦的男人——毫無疑問地就是一人書房的老闆井上。

「我討厭父親。」

鹿山直美坦白地說：

「他總是沉默，只有態度嚴肅……卻把教育孩子的事情全部丟給家母，把討厭的工作全都推給她。那個人只在乎面子。遲遲不准許我離婚，自己卻在外頭有情婦……」

我明白她說父親只有一半像的意思了。意思是他只對他人嚴格，卻寬待自己。

「妳大概不懂遭到父親背叛的女兒是什麼感覺吧？」

我知道栞子小姐屏住了呼吸。我愈來愈無法保持沉默——這世上不是只有妳一個人遭到父母親的背叛。

「恕我失禮……」

「大輔先生！」

她厲聲制止我，我只好不情願地閉上嘴巴。

「……令尊或許的確是做了受人唾棄的事，他也可能真的很在乎面子。這世上也的確有充滿缺點、背叛子女的父母親……我也因為個人因素，所以無法喜歡自己的母親。」

栞子小姐一字一句地慢慢說。

「但我認為鹿山明先生不是那種人。聽過大家的意見後，我認為他相當重視家人……」

「沒有人會相信妳那些表面話。」

「不，我是……」

「你們現在就離開。我不想再繼續聽妳說下去了……總之，我對父親的書一無所知。」

鹿山直美強硬地說。店內一片沉默。我無法判斷她說的是真是假，也許她真的不知情。倘若真是這樣，線索到這裡就中斷了。

一直站在店外的井上還是一樣動也不動。可以確定他在偷聽我們談話，但是他一點反應也沒有，感覺很不舒服。

栞子小姐深深鞠躬後，朝門口走去。我也點頭致意，接著連忙繞到栞子小姐前面打開門。走出門外的她，因為注意到井上而僵硬地停下腳步。

「晚、晚安……」

這個男人一如往常地握著一根粗拐杖。他的臉上沒有任何表情，反而令人感覺毛骨悚然。我移動位置介入他們兩人中間。

好一會兒，所有人只是沉默地面對面。

最後，井上終於大步走過栞子小姐身邊，啪的一聲關上門，發出冰冷的上鎖聲，我們倆被留在無人的夜路上。

6

結束通話後，我的耳朵裡仍然迴盪著尖銳高亢的聲音。我把手機塞進口袋裡，走過篠川家的走廊。午休時間就在我接電話時結束了。

「我吃完飯、休息完畢了。」

我回到店內，對店長這麼說。待在電腦前的她，回頭越過肩膀看向我，對我微笑。

「剛剛忍小姐打了電話來。她說戶塚娘家寄了大量的蕎麥麵給她，她要去婦產科的路上會順便帶給我們……還要我幫她向店長打聲招呼。」

我等著她回答「這樣啊」，她卻只是沉默。

忍小姐就是坂口忍，與年紀大上許多、過去曾有祕密的丈夫坂口昌志住在一起。自從栞子小姐解開坂口昌志擁有的《邏輯學入門》之謎後，他們就成了本店的常客。最近終於要生小孩了。

「……妳去吃飯吧。」

說著，我站在櫃台前穿上圍裙。我聽見書堆那頭發出椅子的吱嘎聲。她應該準備站起來前往主屋去吧。

「……怎麼了嗎？」

我轉過頭問。

「什麼怎麼了？」

「沒有，我覺得……妳從昨天開始就有點沒精神。」

從一人書房回來的車上，她不太說話。今天開口的次數也比平常更少。

她看著下方好一會兒，似乎在挑選詞彙。

「……我覺得自己昨天玩得很開心。」

「咦？」

我反問。

「透過書本知道很多事情很開心……所以我或許不曾深入思考過被看穿的人是什麼心情。畢竟每個人都有不喜歡被人問起的事情。」

我也有——我彷彿聽到她這麼說。我沉思了一會兒。的確每個人都有不希望被問起的事情。不過——

「有些事情我們自己也不清楚是不是真的不喜歡啊。」

好惡的情感沒有那麼單純。我不認為昨天的鹿山直美只是單純討厭父親。栞子小姐對她母親也一樣。

「……謝、謝。」

她道謝完便走進主屋裡。正當我一個人左思右想，不曉得我的話她聽進了多少，門又打開了。平頭的小個子男人踩著拖鞋走進店內來。

「嗨，現在方便嗎？」

「啊，方便。」

志田把幾張皺巴巴的千圓鈔票擺在櫃台上。他今天也是來物色栞子小姐準備清理掉的藏書，從裡面挑出看來可賣錢的文庫本。這些千圓鈔票就是貨款。

「可以給我收據嗎？」

「好的。」

我照他說的開始寫收據，突然想起志田會進出一人書房。也許他知道些關於鹿山直美的事。

「呃，志田先生……你和一人書房的兼職人員說過話嗎？」

「啊啊，你說直美嗎？怎麼突然問這種問題？」

我因為他居然直接稱呼對方名字而嚇了一大跳。

「你、你們感情這麼好嗎？」

「笨蛋，怎麼可能！只是我前陣子剛好聽到那家店的老頭子說：『直美……不對，鹿山小姐，請幫忙補充零錢。』感覺他是不小心叫出了兩人獨處時的稱呼。我的確聽說過他們兩個是青梅竹馬。」

雖然這一點也不重要，不過他模仿井上的聲音還真是維妙維肖。

（一郎和直美嗎？）

我腦海中浮現他們兩人的臉——他們真的只是普通的青梅竹馬嗎？我聽說他們兩家是世交，不過總覺得似乎還有其他原因。

「……我和她也只是閒聊而已，而且只有趁那老頭不在的時候……比方說最近的生意不好之類的。」

「還真的只是閒聊呢。」

「聽說他們的營業額似乎沒有以前好了。雖然還不至於生意差到會倒店，不過在店裡工作，就會知道生意變差了。」

文現里亞古書堂大概也是同樣狀況吧。琹子小姐接受來城慶子女士委託的原因之一，就是希望收購那批藏書。大筆的收購，我們店裡也能賺上不少。這間房子的工程開銷，以及準備付給我的獎金，她或許都考慮到了。

「嗯？『以前』是指什麼時候？」

我問。聽說她是三年前離婚後，才開始在那裡工作。

「她大約十五年前曾在那家書店幫忙過一陣子。大概幾個月吧。」

「原來如此……來，給你。」

我把收據交給志田。

「井上先生結婚了嗎？」

「至少現在是單身。他就住在書店的二樓，一點都不像有其他家人的樣子……所以才會和那位直美在一起吧。」

志田直接說出我心裡的話。打從昨天請教那對兄妹事情時，我就一直認為有這種可能了。

「你們和那家書店是不是發生什麼事了？」

志田這句話與其說是提問，比較像是在確認。我還在猶豫著該告訴他多少時，志田接著說：

「前不久，我就不時聽說你們這家店在處理非本業的委託。你們在做像幫我取回書那時的那種事嗎？」

過去，我們曾幫忙找尋志田被偷的書。當時栞子小姐還在住院。

「嗯，差不多……」

「……你還記得我的忠告吧？」

我點頭。那次事件解決後，志田對我說——栞子小姐腦筋太過靈活反而會出問題呢，所以你再稍微提醒她一下吧！——這句話一直擺在我腦袋某處。無法閱讀的我也許有什麼能夠做到的——我一邊這麼想，這幾個月一直待在她身邊。

「是嗎？那就好……話說回來，你們到底和一人書房有什麼……」

拉門發出喀拉聲打開。我正要說歡迎光臨，就見到讓我瞠目結舌的來客。一名白髮男子身穿薄外套，手拿著拐杖，站在門口，睜大兩隻眼睛凝視著我。

「我來這裡，是有話要對這兒的店長和你說。」

一人書房的井上說。

我和栞子小姐隔著矮飯桌與井上面對面坐著。

志田答應幫我們顧店三十分鐘，因此決定在篠川家的客廳裡談話。今天篠川文香不在家。我代替腳不方便的栞子小姐泡了綠茶，擺在兩人面前。

仔細想想，像這樣好好坐下來談話還是第一次。井上的白髮和拐杖讓他看起來蒼老，不過既然他和鹿山兄妹從小一塊兒長大，年紀應該頂多五十出頭。也許是吃過不少苦。

綠茶就像信號一樣，井上率先開了口。

「我剛去過來城女士家裡了。」

我和栞子小姐一瞬間忍不住互相看向對方。井上的聲音雖然低沉沙啞，卻少了平常的敵意。

「呃，那個，您果然認識來城女士嗎？」

栞子小姐縮起身子抬眼往上看，並且問道。

「是的。那個人原本就很少出現在其他人面前，所以我也不是很常見到她。距離上次見面已經十五年了……大概是生病的關係，她變得很憔悴。」

他的聲音裡充滿著同情。我不曾想像這位老闆會在乎其他人。看樣子我對他的認識只是一小部分，而不是全部。

「那麼，呃……鹿山明先生……一人書房的……」

栞子小姐的聲音像蚊子般細小。這麼說來，她極不擅長應付這位老闆。在一旁的我看到對方的臉上閃過不耐煩，便接著繼續說下去：

「鹿山明先生過去曾是一人書房的常客嗎？」

「對……他是我的恩人。」

「恩人？」

答案出乎意料。

「你們真的不曾從篠川智惠子那裡聽說什麼嗎？」

他反問我們。栞子小姐用力搖頭否認，我跟著補充：

「……這十年來，栞子小姐連一次也不曾和母親聯絡過。這點我可以向你保證……前幾天，她的母親曾經打電話到店裡來，不過立刻就掛斷了。」

我大略說明了與篠川智惠子在電話上談過的內容。井上專注傾聽，也沒有隨聲附和，等我說完後他才緩緩開口：

「……來城女士也說你們似乎什麼都不知情。她原本是想要委託篠川智惠子，沒想到出現的人卻是她的女兒。」

井上抬頭挺胸坐直身子，目光銳利地看向栞子小姐。

「妳說過不喜歡母親，這是真的嗎？」

她抬起頭，一瞬間，鏡片後頭的眼睛不再畏懼。

「是的。我討厭她。」

她回答得乾脆。井上點點頭表示同感。

「我也是……從十五年前就討厭她。」

十五年前，應該也就是鹿山直美在一人書房工作的時期。這只是巧合，或者是——

「發生了什麼事嗎？」

「……從頭開始說明的話，故事很長，無所謂嗎？」

志田的臉瞬間閃過我的腦海。雖然已經約好請他幫忙顧店三十分鐘，不過照這樣子看來，三十分鐘不夠——之後再道歉好了。

「請告訴我們，拜託您了。」

栞子小姐說。

7

「我的老家就位在鹿山先生宅邸的附近……我的父母親只是普通的國中教師，卻和鹿山明先生他們夫妻莫名意氣相投。雙方的父母親在我們出生之前就開始往來了。

但是，講到孩子們就另當別論了。鹿山家兄妹從唸幼稚園起就選擇很遙遠的私立學校，與像我這種普通小孩根本沒有共同點。開始一塊兒玩是小學左右……契機是《少年偵探團》系列。

他們兄妹一起玩偵探團遊戲，但只有兩個人似乎不夠，在附近又沒有朋友，所以直美找上我。我在電視和廣播節目上聽過少年偵探團，不過我當時甚至不知道有原著小說。她一直纏著要我閱讀，所以我向小學圖書室借書，一口氣讀完。因而經常與鹿山兄妹，尤其是直美一起玩。

這就是我的江戶川亂步……不對，是偵探小說、推理小說的初次經驗。當時這種小孩並不稀奇吧。我因此後來也讀完翻譯成童書版的福爾摩斯和亞森羅蘋，十幾歲就開始涉獵國內外的本格派推理作品。後來漸漸地把閱讀圈子拓展到奇幻文學、科幻小說……總之我十分熱愛閱讀。

大學畢業後，我也是選擇在池袋的大型新書書店工作，因為我希望從事書本相關的工作。當時也開始對舊書產生興趣，一點一點買下偵探小說、推理小說的初版書或過期雜誌。

直到二十二、三年前，我以自己的藏書和靠關係四處蒐羅而來的書為基礎，回到家鄉開了舊書店。店名一人書房是參考亂步的三人書房。當時我雖然不是狂熱的亂步迷，不過對我來說，亂步就像是令人懷念的心靈故鄉，而且也表現出我將獨自憑著一己之力經營的幹勁。

開店沒多久，銷售驚人。成排的書飛也似地賣光……但是，過了一陣子後，盛況就突然停止了。想要賣出一本文庫本都變得很困難……你知道這是什麼情況嗎？」

井上突然問我。我當然沒有半點頭緒。我沉默著答不上來，這時栞子小姐開口幫我解圍：

「……剛開店時上門的客人都是來搶書的專家，或是瞄準新書店而來的書迷，對吧？他們買下所有罕見的書，留下沒有商品價值的書……這種情況經常發生。」

「正是。」

井上重重吐了一口氣，喝下一口冷掉的茶。

「開店時必須一口氣定價，因此我當然忽略了細節。再加上我的工作經歷是新書書店，缺乏舊書定價的經驗。那些人就是看準了這一點。第一天出現的客人之中，也包括妳的母親。她一本不留地拿走了所有春陽文庫的舊書。」

「……對、對不起。」

栞子小姐道歉。我彷彿看見篠川智惠子開心收購的模樣。我都不曉得原來剛開門的舊書店必須經過這種「洗禮」。

「不，怪我太天真了。我仗恃自己的知識，自以為能夠買賣舊書。卻沒有弄明白在鄉下開舊書店有多困難。

為了充實庫存，必須向其他人收購。能夠讓客人買書，卻無法讓客人賣書的話，生意就做不起來。等到我注意到這點時，原本就不多的營運資金已經所剩無幾……此時出現的人就是鹿山明先生。」

井上甚感懷念地瞇起眼睛。

「在那之前，我一直稱他鹿山叔叔。對我來說，他只是住在附近、我幼時玩伴的父親而已。」

「那麼，你也不知道鹿山明先生是亂步迷嗎？」

我問。

「我怎麼可能知道？他對我說有東西想私底下讓我看看，我就在當天被帶往雪之下的那棟房子了。只是這樣而已。當時來城女士已經住在那棟房子裡，她負責管理藏書，是一位文靜卻聰明，又有膽識的女性。

我進入書庫後，簡直說不出話來。那兒是戰前推理作品的寶庫。明先生提議要把重複的初版書、雜誌低價讓給我。《新青年》、偵探小說雜誌《Profile》的舊期數……甚至還有夢野久作的《白髮小僧》初版書。我想辦法籌錢收購了那些，拿到神保町的舊書市場賣出更高的價格後，才得以度過倒閉危機。」

我想起文現里亞古書堂拿出大批藤子不二雄舊漫畫販售的事。人氣高的舊書，價格理所當然也高。而景氣好的時代更是如此。

「……他幫了你大忙呢。」

「是啊……明先生笑著對我說，以後拿到亂步的珍品要優先賣給他，他是為此而布局的。後來我才知道，他幾乎不在縣內的舊書店買書。偶爾買也只是透過型錄，寄送地則是鎌倉……他小心翼翼地避免自己的嗜好被人知道。只對我破例。」

「……請問，鹿山明先生是個什麼樣的人？」

我問了一直很好奇的問題。井上露出驚訝的表情。

「什麼意思？」

「他的兒子、女兒和來城女士對他的看法完全兜不起來……我不知道究竟哪一個才是真正的鹿山明先生。」

他是嚴肅又認真的教育家，也是開朗、愛說話的亂步迷——怎麼想，都無法在腦子裡將這兩種人聯想成一個。井上點點頭，彷彿明白了我的意思。

「讓我看過鎌倉別墅的明先生，一聊起書，話匣子就停不下來。不過，談到自己感興趣的話題就會變得多話的人很多。我也不認為平常的明先生是在撒謊……人類有些時候展現出來的個性就是會不一樣，應該沒什麼好奇怪的吧。」

我不禁斜眼看向栞子小姐。說到有時候個性會不同，只要一談到興趣就會變得多話，這個人也一樣。

「……不過，他為什麼要隱瞞呢？」

她突然開口，不再結結巴巴。或許她終於習慣了不再嚇唬人的井上。

「姑且不管來城女士的存在……我想不出來他究竟有什麼理由必須隱瞞自己的嗜好幾十年。」

「理由不只一個吧。首先是明先生的父親總吉先生的教育方式。雖然我也幾乎沒見過他，不過聽說他年輕時吃了不少苦……所以他教導兒子要好好顧及體面。聽說最初要求兒子把偵探小說收藏品送到鎌倉別墅的人，正是總吉先生。當時大約是昭和三十年（一九五五年）……」

「是鹿山明先生……結婚那時候吧？」

聽見栞子小姐這麼說，井上驚訝地睜大了眼睛。

「妳有遺傳自母親的敏銳呢……他似乎不希望新加入的家人看見『詭異的』偵探小說收藏。或許是因為總吉先生出生於明治時代，所以對於偵探小說的觀感與之後的世代不同吧。」

我也聽說鹿山明的妻子家教嚴格，是相當嚴謹的女性。也了解他為什麼不希望被人看見那些收藏。只是我心中仍舊無法釋懷——為什麼需要做到這種程度？

「你知道總吉先生與明先生的出身嗎？」

井上像是看穿了我的想法，開口說。

「我記得是來自……愛知縣的名古屋市，我是這麼聽說的。」

栞子小姐回答。

「是的。名古屋的大須……我沒有追問詳情，不過那兒過去似乎是紅燈區。孩子們大概也不知道。」

我第一次聽到「紅燈區」這個詞，不過意思猜得出來，就是聲色場所聚集的地方。鹿山總吉也可能從事賣春相關的工作。他如此極端地想要保住父子的名聲，或許也是因為過去的記憶。

「可是，我不認為這可以構成理由，何況我也沒向當事人確認過。不管怎麼說，這些都只是我的臆測。」

「到底是為什麼呢？」

栞子小姐不解地偏著頭。

「儘管有許許多多原因，但都不構成讓他必須到死都要隱瞞的原因……我認為他也許是覺得這樣很好玩吧。」

「好玩……？」

「是啊。在大鋸宅邸的自己，在雪之下那棟別墅的自己……擁有不同的面貌，就像怪人二十面相一樣。亂步的小說不是經常出現偽裝成誰、一個人假扮好幾個角色的橋段嗎？一般認為，亂步也希望自己能夠變身……他或許把自己當作是亂步筆下的角色了。」

因為他是亂步迷，才會如此徹底地隱藏自己的嗜好嗎？從各式各樣原因構成的鹿山明這個人的複雜性，使得我們接受的委託難上加難。

「……您知道來城女士擁有的保險箱中擺了什麼東西嗎？」

「我也不清楚。她沒讓我看過。」

井上立刻回答。他似乎也很好奇。

「可以肯定的是那裡面的東西一定比其他收藏更珍貴。也許是從父親那兒繼承來的物品……關於那東西，他的口風一直很緊。」

他再度喝口綠茶，喘口氣。

「……剛才那些話只是開場白。接下來我要說說我和篠川智惠子之間發生的事。我想妳一定也察覺到了，這件事和鹿山家有很深遠的關係。」

我和栞子小姐不自覺在榻榻米上端正坐好。接下來才要進入正題。

8

「第一次見到篠川智惠子，是在我的一人書房開張當天……那個女人到我店裡來挑書時。當然，當時我不曉得她是誰，不過她當時應該已經嫁給妳父親了。

我雖然認為那女人大意不得，但卻不曾懷疑過她的本領。聽說她從打工時開始就經手大量收購，大大提高了店裡的營業額。我們年齡相仿，也有許多機會在舊書商會碰面。她的存在對我來說是個激勵，後來我們的交情變成每次碰面都會停下來聊兩句。

我好不容易才穩定了書店的營業額，也開始有自信這份工作能夠持續下去。這都多虧與幾位像明先生那樣的常客建立不錯的關係。

當時直美與丈夫分居，暫時回到娘家來。事情發生在十五年前。她嫁給了關西和服店的繼承人，丈夫卻玩女人玩很兇。

儘管有這種情況，她的娘家聽說她要和丈夫分居，卻沒給什麼好臉色。她說自己沒有容身之處，也沒帶多少錢就跑出來……我沒辦法置之不理，就讓她在我店裡工作。再者，也是因為我需要人手幫忙。我的膝蓋當時開始變糟，天氣一冷就痛得厲害。

另一方面，我和明先生仍繼續有業務往來。我們主要是透過來城女士聯絡，只要有珍貴的東西入手，就會約在外頭碰面，讓他過目。我雖然感到內疚，但同時也認為，假使明先生想要對家人隱瞞來城女士的存在及自己的興趣，我也沒資格說話。

　那女人就是那個時候到我店裡來。明先生他們似乎曾經多次透過文現里亞古書堂的型錄買書。收件地址當然是鎌倉那兒，但那女人不曉得從哪裡查到了明先生的來歷……」

　我一點也不驚訝。這種事情對她來說易如反掌，她當然會立刻察覺到明先生有個叫來城慶子的情婦。

「我到現在仍忘不了當時的情況。那女人靜靜看著店裡的書架，同時若無其事地觀察著我和鹿山直美。接著，她趁著直美離開座位休息的空檔，對我這麼說：

『替我引介鹿山明先生。我一直因為聯絡不到他而傷腦筋呢。』……她說文現里亞古書堂進了亂步的珍本書，希望務必讓明先生看看。那女人知道明先生不光顧自家附近的舊書店，而且和我有往來，所以拜託我幫忙介紹。」

「是威脅……不是拜託，對吧？」

　栞子小姐眼神陰鬱地說。

「當然。意思就是如果我不幫這個忙，她就要向鹿山家揭發明先生的祕密。她甚至知道我瞞著直美的事……這到底是什麼巫術啊，直到現在我依舊不清楚。我雖然明白不可能，但那看起來像是她看過書架上的書之後，就能夠看穿一切……」

　老實說，我不認為不可能。據說篠川智惠子只要看過藏書，就能夠說出書主這個人的模樣及經歷。或許在她眼裡，就連舊書店的庫存都是了解對方的線索。

「那麼，您答應了嗎？」

聽到我的問題，井上搖搖頭。

「我一開始很為難……但是，那女人繼續說：『你正在勸直美小姐離婚，對吧？希望不會有什麼阻礙才好。』……不曉得為什麼，她甚至連我們的關係都知道。」

果然沒錯。我心想。他們兩個並非只是單純的青梅竹馬。志田猜對了。

「請問……」

在了然於心而點頭的我旁邊，栞子小姐戰戰兢兢地開口：

「請問您說的關係是指……？」

井上愣住說不出話來。

「莫非……妳連這個都不知道？」

「咦？」

「我剛不是說了嗎？就是我和直美的關係啊。」

他啐道。起居室裡的氣氛變得很尷尬。

「……具體而言，是什麼樣的關係呢……？」

她一臉認真地問。我忍不住仰望天花板。這麼說來，這個人只要一遇到感情事就會變得極度遲鈍。之前一起去我前女友家收購舊書時也是如此，直到挑明了說出來之前，她都沒注意到。

「嘖，妳怎麼這麼遲鈍！」

井上把頭轉向一邊，看起來也像在掩飾自己的難為情。

「意思就是當時我曾經考慮和她結婚。我們的交往當然是有分寸的……現在也是。」

聽他快嘴說完，栞子小姐連耳朵都紅了，以差點要撞到矮飯桌的氣勢猛然低頭。

「很、很抱歉……我雖然一直覺得怪怪的，不過……原來如此，當然是這麼回事嘛……」

她說得語無倫次。看到她的反應，井上嘴邊隱約露出苦笑。我第一次看到他也有嘲笑之外的笑容。

「妳真的和妳母親不一樣呢……有像人的弱點。」

我思考著篠川智惠子所說的話。希望不會有什麼阻礙才好——這句話八成是婉轉的恐嚇。如果讓直美知道井上隱瞞著父親的祕密，恐怕會瞬間破壞兩個人的關係，所以她才會乘勝追擊。

（為什麼這女人會知道這麼多呢？）

比起憤怒，我更覺得有一種無止盡的不舒服。我現在明白了為什麼井上這麼防著篠川母女了。恐怕是因為害怕自己想要隱藏的祕密全部都被看穿。

「結果我把那個女人介紹給明先生。她似乎賣掉了不少保存得還不錯的亂步珍本書……每一本都是初版的合著小說。」

一聽到合著小說，我便想起那本白色書盒的舊書，就是那本差點被我弄掉、亂步著作當中最貴的初版書。

「比如說《江川蘭子》嗎？」

「對。還有《空中紳士》、《殺人迷路》等狀態很好的書。明先生高興得不得了，很喜歡那個女人……於是後來經常光顧文現里亞。我反而開始與明先生保持距離。說來有些沒面子，不過我已經不想再和篠川智惠子有任何牽扯了。」

「鹿山直美小姐後來呢？」

我問。井上放鬆了臉部表情，就像回憶起昨天發生的事一樣。

「某一天，她突然被帶回丈夫家，因為雙方家族力勸……剛回去時，什麼也沒有改變，不過——」

感覺上故事總算與三年前離婚的事情連在一塊兒了。繞了一段遠路後，她最後又回到了一人書房嗎？

「妳昨天對她說過吧……妳說明先生也很重視家人。這說法有什麼根據嗎？」

井上鄭重其事地問栞子小姐。

「咦？嗯，是的……姑且有。」

她回答。

「……雖然無法斷定，不過只要找到鹿山明先生的《少年偵探團》系列，或許就能夠更清楚了……」

「你們離開後，我聽直美說了。妳說的是光文社的版本嗎？」

「是的……我認為直美小姐知道那套書的下落。」

「根據是ＢＤ徽章？」

井上接著問：

「她和我一起玩的時候也經常戴著。當時還是小孩子的我滿心羨慕，每次問她那東西哪兒來的，她總是不回答。現在想想，也許那是明先生的東西……但是，話雖如此，也不見得表示她知道那些書的下落吧？基本上連那些書是不是在那間房子裡都不清楚。」

「你不曾聽鹿山明先生提過《少年偵探團》系列的事嗎？」

我問。井上搖頭。

「我沒有賣那類書。我的書店沒有經手童書……明先生手上不可能沒有那套書，我也想過可能擺在鎌倉的家裡。倘若不在鎌倉，應該就在大鋸的房子裡了。」

畢竟那套書會出現在那棟房子裡也很正常。至於鹿山直美是否知情，則又另當別論了。

「除了ＢＤ徽章之外，我還有其他根據……不過，我想先請教幾個問題，一人老闆……井上先生您讀過的《少年偵探團》系列，是POPLAR社的版本嗎？」

「我嗎？我記得應該是……光文社和POPLAR社都有。小學圖書室裡雖然有整套光文社的版本，不過其中有幾本太破舊，無法閱讀，所以另外買了POPLAR社的版本補上。連光文社沒有出版的最後幾集也一併買了補齊。怎麼了嗎？」

「不，只是有件事想確認一下……」

栞子小姐回答得很含糊。她要問這個問題大概有什麼意義吧？

「您認為直美小姐有沒有可能向家人以外的人士借閱那套系列，或是在自己家裡以外的地方閱讀呢？」

「據我所知不可能。她說過因為要補習和學才藝，所以只能利用半夜看書。再加上母親不准她去圖書館……如果要向其他人借，她也沒有擁有那套系列的朋友。說起來，她同輩的朋友應該就只有我了……」

她小時候的生活愈聽愈覺得很不自由。至少我應該無法忍受這種生活。不難理解她為何會對父母親懷抱著複雜情感了。

「請問，找到光文社的版本之後，能夠知道什麼嗎？」

我問栞子小姐。井上看樣子多少心裡有數了，只有我仍舊一頭霧水。

「……那是鹿山明先生與直美小姐之間的連繫。井上先生您也想知道吧？」

「是啊。」

他說。

「她從小就認為自己被父親看不起、忽視……我不是說明先生是個完美的人，但是，我也不認為他對女兒沒有任何感情。」

「我也是同樣想法。」

栞子小姐也同意。

「但是我沒有辦法證明。再加上我多年來隱瞞著明先生的祕密，只會被認為是在替他說話吧。不過，聽了昨天的對話後，我認為妳應該有辦法化解。你們找保險箱鑰匙時，能不能夠順便幫忙解開她的誤會呢？……這也算是我回報明先生的恩情。」

這段話聽來真切，想必他一定從以前就一直深深苦惱著吧，甚至必須拜託曾讓自己進退兩難的篠川智惠子的女兒。

「若是能夠獲得井上先生您的協助，我有辦法找到鹿山明先生的《少年偵探團》系列。」

想了一會兒之後，栞子小姐回答。

「但是我不能保證能夠解開直美小姐的誤會……而且井上先生與鹿山明先生的關係恐怕會被知道。」

一人書房的老闆陷入沉思。鹿山直美曾經語氣強烈地責備隱瞞父親不倫的舊書店。那股怒火或許會直接對準他。

「既然來城女士已經與鹿山家接觸過了，她早晚會曉得這件事。」

他終於沉重地開口。

「總比繼續像這樣什麼也不做來得好……然後呢，妳要怎麼找？妳已經曉得藏在哪裡了嗎？」

「大致上……不過我沒有辦法一一查證。再說，那個地方恐怕不容易打開。」

「那麼，妳打算怎麼做？」

我問。看樣子找書這件事已經不是空談。真的能夠找到嗎？

「方法有一個。」

栞子小姐豎起食指。

「請鹿山直美小姐告訴我們。」

9

那一週最後的平日，我和栞子小姐來到鹿山家宅邸。時間剛過正午，屋主們都不在家。在中年女管家的領路下，我們先前往書房。

今天我們能夠獲得鹿山義彥先生允許，搜尋整間屋子，也是多虧井上的幫忙。你可以信任文現里亞古書堂的人，讓他們放手去做，說不定能夠找到鹿山明的珍貴藏書——他花了不少時間幫我們向義彥先生說情。雖然附加條件是有門的家具要鹿山家的人在場才能打開，不能擅自亂動屋子裡的物品。

「兩位要從書房開始看起，是嗎？」

女管家說。看樣子代表鹿山家來陪同搜索的，就是這一位了。

「……呃，那個，能夠先讓我們看看屋子……我們兩人自己繞一圈就好，可以嗎？我們當然不會擅自亂翻……」

栞子小姐努力擠出笑容說。女管家上下打量著她。

她今天穿著素色長裙搭配大衣領的白色女用襯衫和淺色針織衫，一副看來無害的便服行政人員打扮。

「那麼，我會待在一樓大廳裡。如果有需要，請叫我一聲。」

說完，她關上房門離開，似乎姑且相信我們了。書房變得一片寂靜，大概是牆壁很厚的關係，連腳步聲也聽不見。

這棟房子位在斜坡中段，窗外可眺望到美好的景色。這一帶屬於藤澤外圍，比較靠近鎌倉。附近多是住宅區，綠意盎然。

「然後呢？接下來怎麼做？」

我看著外頭一邊問。事實上我不清楚詳細的計畫。栞子小姐與井上在電話上討論了些什麼，但因為她說直到實際行動之前會怎麼樣還不清楚，所以沒告訴我。

既然要請鹿山直美告訴我們《少年偵探團》系列的位置，她應該會到這裡來吧。但我聽說她今天會去一人書房上班。

栞子小姐確認手機郵件後，走向房間角落，毫不猶豫地打開收納空間的百葉門。

「妳這樣擅自打開好嗎？」

我驚訝地睜大眼睛。不是說「不會擅自亂翻」嗎？

「因為有必要……大輔先生，請過來。」

來來。她像個孩子似地對我招手。我不解地偏著腦袋走向她，她卻突然推我的背，把我推進狹窄的空間內。

「咦？」

我連忙轉頭，沒想到她也一起擠進這個收納空間裡。她背對著我站立，從內側把百葉門關上。幸好光線能夠從百葉門板的縫隙射進來，所以收納空間裡不是一片黑暗。

「我們在這裡等鹿山直美。」

栞子小姐看著百葉門外頭，小聲說。

「剛剛我收到了井上先生的郵件。直美小姐已經離開一人書房，往這裡來了。不曉得她什麼時候會抵達，所以……」

她的腦袋正好在我的下巴正下方，背後的長黑髮搔著我穿著襯衫的胸口，充滿整個狹窄空間的肌膚香氣讓我逐漸感到暈眩。

「我、我們為什麼要躲起來？」

「為了讓她告訴我們書藏在哪裡。我想直美小姐等一下應該會替我們打開。」

我這才明白她的意思。原來不是口頭上請她告訴我們，而是要偷看她怎麼開。

「妳怎麼知道在書房裡？話說回來，直美小姐為什麼要特地到這裡來打開藏書的地方？」

「鹿山明先生過世一年後仍沒有找到那些書，再加上他生前花很多時間待在這裡，由此判斷，書最有可能藏在這間書房裡。事實上直美小姐正往這裡來，理由是手寫信。」

「手寫信？」

「井上先生告訴直美小姐，今天下午我們會到這間書房來找《少年偵探團》系列，另外……他還說在鹿山明先生過世之前，自己曾寫信給他，表示他正在考慮跟直美小姐結婚的事。雖然聽說信藏在別人看不到的地方，不過很擔心被眼尖的文現里亞古書堂的人發現……」

聽到這種事情，她自然會想過來一探究竟吧。只是——

「他真的有寫那封信嗎？」

「不清楚。我們在討論有沒有什麼辦法能夠讓直美小姐一定會打開祕密書櫃時，井上先生提出這個點子。」

雖說也沒有其他方法，但如果完全是謊言的話，未免太過分了。鹿山直美本來就討厭我們所以沒差，井上做出這種事情，不要緊嗎？

咚！她的背貼上我的身體。看樣子是稍微失去了平衡。後腦杓正好撞到心臟上方，我差點跳起來。

「抱歉，在這裡我沒辦法用拐杖。對不起……啊嗚！」

她猛然想要遠離我的身體，這次變成腦袋撞上百葉門。

「不要緊吧？」

「是……」

她擦著額頭說。我擔心她上半身搖搖晃晃的模樣。

「……如果不好站的話，靠著我也沒關係。」

我小聲說。猶豫了一會兒，她才戰戰兢兢地靠上我。因為那溫熱又柔軟的身體重量，我身體裡的血液就快衝上腦袋了。

「好像輕鬆多了……謝謝。」

「不、不客氣……」

一陣沉默。能夠聽見的只有彼此的鼻息聲。

「都、都不說話好像怪怪的。」

栞子小姐困擾地說。

「嗯，是啊……」

如果是少年偵探團也就算了，這麼大一個人躲在這裡成何體統。我們兩人窺視著空無一人的書房，一邊找尋話題。然後，她先開了口：

「那個……之前，大輔先生提到約會的事……」

我一瞬間差點暈厥。現在要在這個地方談這件事嗎！

「約會的意思，是跟我沒錯吧……？」

「是……也沒有其他人了吧……」

「……也是。」

她輕輕嘆氣。她要說的似乎不是什麼好事。我心急如焚地等著她繼續說。

「這類事情如果沒有直說，我好像就會聽不懂……呃，之前也曾經和大輔先生一起出去過吧。那個，難道也是約會嗎？」

我沒想過一起出去的對象會問我這種問題，但這個人是十分認真的。

「呃，嗯……那一次，很難定義吧……」

和她兩人單獨外出純粹就是很愉快。那個時候自己是怎麼想的，我也很難以言語形容。

「一談到這類事情，我好像會變得很遲鈍……說的方式或時機，我都不是很懂……我沒有辦法想像自己戀愛或結婚……也許是我不願意去想。在書上讀到這些事情時明明很快樂的……」

專心聽著她說話，我的腦袋也漸漸地冷靜下來。她曾說過一直沒打算結婚，所以她一定也不打算談戀愛。這一點我姑且也知道。

「呃，也就是說……我……」

她說了這麼多，意思也就是拒絕吧。哎，不過至少我不覺得後悔。只要她不排斥，我還是會找機會約她出去。我也早料到和她不會那麼順——

「好，我去。」

不曉得什麼時候，她已經回過頭仰望著我的臉。即使四周昏暗，我還是茫然心想，她的黑色雙眸真美。

「…………咦？」

「結果無論我怎麼想，還是不清楚……不過，如果是和大輔先生的話，也許不錯。所以，我們去約會吧。」

「……妳說真的？」

「是的。這次的事情解決後，接下來的休假日去。」

「妳是說真的吧？」

我替不斷確認的自己感到汗顏。

她重重點了一下頭。

我差一點就擺出勝利姿勢了。目前不是她同意交往，只是答應和我約會而已。但是，對象是這個人，篠川栞子。考慮到過去的狀況，這可是一大進展。

「那麼，妳有什麼想去的地方……」

我向前傾的下一秒，她突然把食指舉到嘴唇前。我愣了一下緘口，看向百葉門外頭。

入口處的沉重大門緩緩打開，鹿山直美溜進書房來。看得出來她似乎很著急，穿著單薄連帽上衣的肩膀上下起伏著。她確認走廊上沒人後，關上書房大門。

她或許已經聽女管家提到我們人在這棟宅邸裡了。她跑近靠近窗戶的書桌，一一打開抽屜，一瞬間她像嚇一跳似地停止手上動作，接著拿出一個銀色的小東西。

是栞子小姐找到的那個ＢＤ徽章。但是她馬上回過神來，把徽章丟在書桌上，繼續翻找。

她要找的東西似乎不在書桌抽屜裡。她再次環顧書房，視線停留在我們躲藏的百葉門上。

我屏住呼吸。鹿山義彥曾說過這裡頭已經清理過了，不過妹妹也許不知情。如果她打開這扇百葉門，一切就成了泡影。

只見她搖搖頭轉開視線。我鬆了一口氣。

她緩緩靠近接待客人用的沙發茶几組。和一樓一樣的皮革大沙發面對面擺放。包含桌子在內，所有木製家具似乎都是同樣材質。我記得鹿山義彥提過是檜木做的。

我還以為她打算休息一下，原來不是。只見她跪在其中一張沙發前，手伸向短腳支撐的沙發底部，以某種順序東摸西摸了一番，最後悄然無聲地將椅面的軟墊掀起。

（啊……）

沙發改裝過——祕密書櫃真的存在，而且這位女士一直都知道。

「果然沒錯……人間椅子……還是黑蜥蜴……？不，也許是大金塊……」

栞子小姐不曉得為什麼興奮地低語著。人間椅子好像在哪裡聽過。大概是聽到栞子小姐的聲音，鹿山直美驚訝地環顧書房。

「走吧，大輔先生。」

栞子小姐對我說完，打開百葉門。

10

栞子小姐一現身，鹿山直美便愣在當場。

「妳……怎麼會……」

我們走近看向奇妙的變形沙發。軟墊底下有個寬敞的空間，擺著幾十本書封朝上的舊書。《透明怪人》、《宇宙怪人》、《怪奇四十面相》，還有那本《魔法人偶》也在。描繪著少年與怪人的書封上寫著「少年偵探」及「江戶川亂步」等文字。圖畫和文字與POPLAR社的版本有些不同。這些書的年代看來比較久。

「這些就是光文社的版本吧……」

栞子小姐喃喃說完，對鹿山直美鞠躬。

「很抱歉，我們知道您會過來，所以在這裡等著……在這裡的《少年偵探團》系列就是您父親擁有的，沒錯吧？過去，您讀到愛不釋手的，就是這個光文社版，對吧？而不是義彥先生的POPLAR版。」

鹿山直美睜大了眼睛。過了好一段時間才回過神來開口：

「妳、妳怎麼知道？」

在一旁聽著對話的我也嚇了一跳——栞子小姐怎麼會知道她閱讀的是哪個版本？之前的談話中有什麼線索嗎？

「前幾天，我們在一人書房談到《少年偵探團》系列時，我就覺得不對勁。」

說完，栞子小姐彎下腰，拿起《魔法人偶》。每一本封面上所描繪的少年身後，都有個令人不舒服的白臉瞪著我們，令人印象深刻。

不好意思。她先道歉後，坐到沙發扶手上，將枴杖靠在一旁。空出來的兩隻手翻著書頁。那些書保存良好，沒有泛黃或破損，一看就知道書主相當珍惜。版權頁上寫著「昭和三十二年十一月十五日　初版發行」。這是初版書。

「松野一夫的裝幀，加上石原豪人絕妙妖異的插畫……還是這個版本最好。」

「……有什麼不對嗎？」

「《少年偵探團》系列改版時，內容多半會重新編修，有時也會變更書名……這部作品的POPLAR版和光文社版書名就不同。POPLAR版的書名是《惡魔人偶》。」

（啊……）

這麼說來，我記得在這個房子的置物間裡看到POPLAR版系列時，的確有一本是《惡魔人偶》。因為我翻過版權頁，所以還有印象。這麼說來，她們兩人的確說過難得見到以「人偶」為書名或主題的作品。

「義彥先生在自己的書上一一寫下了名字，他曾經嚴厲警告不准碰他的書，沒錯吧？這樣一來，也就很難偷偷拿出來閱讀吧……這個，謝謝。」

栞子小姐遞出《魔法人偶》。對方不發一語地收下後翻開書頁。雖然只有一點點，不過看得出來她的表情稍微放鬆了。

「……我沒有強迫您說的意思，不過，如果可以的話，是否能夠告訴我們經過呢？還有這張不可思議的椅子的事，請務必告訴我們。」

鹿山直美合上書，懷念地摸了摸封面，看著張開奇妙洞口的沙發，一邊靜靜開口：

「妳說得沒錯，哥哥從某天開始不准我碰他的《少年偵探團》系列。明明他自己已經不怎麼看了。我那時還沒有讀到後半段……雖然很想從哥哥的書架上偷偷借走，但是又害怕神經質的哥哥會生氣，所以不敢動手。再加上母親禁止我去圖書館借書，我又沒有能夠借書的朋友……一郎他自己也沒有這套書。」

井上說過自己是從學校圖書室借的，有光文社版，也有POPLAR版。也許是因為這樣，他才沒注意到鹿山直美說的是光文社版的書名吧。

「我好想把沒讀過的那幾冊看完，正在心癢難耐的時候，有天半夜，我上完廁所回房時，正要經過這間書房前面，卻聽見房裡傳出奇怪的聲音。我很好奇，於是把門開了一道小縫，看到父親正蹲在當時剛買的這張沙發前面。

我原本以為他身體不舒服，正要出聲喊他……可是看見父親的側臉後，就什麼話也說不出口……因為那簡直像是另外一個人。」

「您說，另外一個人……？」

琹子小姐問。

「父親……在微笑，就像個孩子一樣，打從心底感到喜悅。」

我沒想到會是這個答案，原本還以為是出現什麼可怕的表情。

「他打開這張沙發的機關，開心地將擺在桌上的《少年偵探團》系列收進沙發裡，就像小孩子買到新玩具一樣。

我不曾見過這樣的父親，所以反而覺得害怕。還以為是怪人二十面相潛入我們家了……那個系列作品中，不是有部作品講述怪人喬裝成目標家庭的人，潛入偷取寶物嗎？我連忙關上門，逃回自己的房間去。

可是，隔天看到父親變回一如往常般難以親近又嚴厲的模樣，幾乎讓我懷疑昨天夜裡的事情該不會是我在作夢吧……我雖然不懂這到底是怎麼回事，不過有件事情即使我仍是小孩子也很清楚，那就是那個夜裡看到的事情，不可以對任何人……甚至是父親本人說。

可是，我無法壓抑想要閱讀藏在沙發裡的《少年偵探團》系列的心情。所以我經常趁著父親不在的時候，偷偷拿出去閱讀再放回去。潛入父親經常不在的書房，要比潛入哥哥的房間容易。

我有時也會戴上和書藏在一起的ＢＤ徽章去玩耍。我想一郎應該很清楚……啊，請自便。」

栞子小姐做出「我可以看看沙發裡頭嗎？」的動作，鹿山直美點點頭，於是黑髮店長把枴杖擺到一邊，坐在地上，開始搜尋掀開的座墊底下。從她的背影可以感受到她的喜悅。被女兒看到時的鹿山明先生大概也是這副模樣吧。

「您認為您的父親發現了嗎？」

栞子小姐說著，打開書旁邊的木盒。盒子裡有好幾個小紙盒。上頭印著紅底黑字的「ＢＤ」兩字，我想，那應該是用來裝徽章的盒子吧。栞子小姐拿起放在紙盒旁邊的小手冊翻閱，確認其中的內容。

「家人都沒發現，我拿走書的技術很好……喂，等一下，你們怎麼知道我會到這個書房來打開祕密書櫃？」

她的聲音突然充滿敵意。看樣子她終於恢復冷靜，開始追究起最基本的問題了。栞子小姐拿著手冊轉過頭。

「因為……一人書房的井上先生……」

她的回答充滿了猶豫。鹿山直美臉色大變。

「那麼，一郎所說的都是……」

她指的應該是那封手寫信吧。我們不曉得該怎麼回答。

在一片尷尬的沉默中，書房的門打開了。身穿淺駝色薄外套、像鶴一樣瘦削的白髮男人走了進來。他的口袋像是裝了文庫本一樣莫名地鼓起。

「一郎……」

鹿山直美低語。一人書房的老闆看向塞滿書的沙發椅。

「……原來真的有啊。」

「這是怎麼回事？你說的……那封信呢？」

「信的事情是騙妳的。」

面對青梅竹馬的問題，他毫不猶豫地回答。

「寫給鹿山伯父……明先生的信，我沒有寄出。」

驚訝逐漸在她憔悴的臉上擴散開來，就像破了一個大洞一樣。

「……你和他們勾結，騙我打開這個機關嗎？」

「對。是我主動要求他們協助的。」

「什麼……」

「明先生以前是我店裡的客人。我瞞著鹿山家的人賣舊書給他。當然，我也知道來城女士的存在。我受到他不少照顧，他是救我脫離險境的恩人……我告訴過妳有個常客在我書店最辛苦的時候曾經幫助過我吧？那位常客就是明先生。」

話題內容逐漸進入關鍵，但鹿山直美的表情卻緊繃了起來。

「我不是說明先生是個無可挑剔的大善人，但他應該也不是個冷漠的人。我希望妳也能夠明白這一點……」

「夠了，我不想聽。」

她大力搖頭。

「我什麼也不明白，我只知道自己上當了，被你們騙來打開這張沙發。已經夠了！」

井上看向琹子小姐尋求答案。的確，打開了這個機關，似乎也不能明白什麼。之前在討論時，她也說過「不能保證能夠解開直美小姐的誤會」。結果也許真如她所說的——

「您真的以為您父親沒有發現嗎？」

琹子小姐突然開口。

「我不認為藏書藏得這麼萬無一失的人會沒注意到有人碰書。」

「……可是，他如果發現的話，應該會對我表示些什麼吧？」

「如果是因為他沒有掌握確實的證據呢？」

琹子小姐緊接著說。

「對於您的父親來說，這個沙發機關，以及藏在裡頭的書一定都是重大的祕密。正因為如此，只要沒有確實證據，他也很難說些什麼……」

「妳所說的只不過是妳的想像罷了。」

「不對……請看看這個。」

琹子小姐舉起的是剛才拿在手裡的黑色小冊子。封面上有ＢＤ徽章的標誌和「少年偵探手冊」的金色字樣。

「那是什麼？」

我問。

「這是『少年偵探手冊』。戰後連載《少年偵探團》系列的《少年》雜誌附贈的東西。與BD徽章同樣十分受到昭和三十年代孩子們的喜愛。」

居然還有這種東西啊。栞子小姐翻開第一頁給大家看。上面有江戶川亂步的照片和簽名，以及標題為「你也能夠成為偵探」的作者留言。小學生一定會很想要。

「這個手冊，以前是不是擺在這些書的最上面？」

「聽妳這麼說，的確是。我很怕會弄髒，所以沒有把它拿出去玩……這本手冊怎麼了嗎？」

栞子小姐翻開手冊的最後一頁，出現了填寫持有者姓名地址的頁面。唯獨姓名一欄中，有著像是用鋼筆寫成、鮮明的藍色墨水的幾個字。

鹿山直美

「……這是您父親的字吧？」

「是、是的……可、可是、怎麼會……」

她因為太震驚而無法好好說話。

「這是做為父親所留下來的訊息吧。意思也就是這裡所有的書都是妳的……他明白這些書對於少年，不，少女偵探來說很重要。」

栞子小姐拄著拐杖站起，將手冊交給它的主人。鹿山直美以雙手捧著《魔法人偶》和手冊，彷彿那是什麼易碎物。

在祕密場所裡偷偷放著給某人的禮物，就像小朋友在玩遊戲一樣。或者說鹿山明先生的確在玩遊戲，對象是自己平常很少說話的女兒。

我回頭看向擺在書桌上的ＢＤ徽章。想來應該是已經過世的鹿山明先生為了隨時能夠看到，所以特別放在抽屜裡的吧。現在雖然已經沒有辦法證實，不過那個應該就是很久以前女兒戴著玩的徽章吧？

「我小時候常看到父親和母親吵架。」

鹿山直美低頭看著手中的舊書和手冊，一邊開口說。

「不，不對……與其說是吵架，應該是母親單方面愈說愈激動。父親總是沉默……我甚至認為他即使看法與母親不同，也不會強烈主張。」

她說到這裡停住，靜靜地抬起頭。

「可是，我希望他開口。分居的丈夫過來帶我回去時，父親也只是沉默……我想母親一定也很寂寞。生活在一起的對象完全不表露自己的情緒，就跟只有一個人沒兩樣……」

站著動也不動的井上突然把口袋裡的東西掏出來，扔在沙發前面的茶几上。厚厚的白色信封上，寫著「鹿山明 先生收」。字跡雖然很醜，不過可看得出他努力想寫得端正。

「這是……？」

鹿山直美驚訝地看向井上。

「告訴明先生我想和妳結婚的信……因為這件事很重要，我認為應該要寫信。但是，就在我猶豫著該不該寄出去時，明先生就過世了……心裡想的事情無法說出口，這一點我也一樣。」

的確有那封信——他說的並非全是謊言。井上繼續拿出口袋裡成疊的信封和信紙，丟在茶几上。另一側口袋裡拿出來的也同樣是信封信紙。沒寫完的信、沒封口的信封散落一地。筆跡全都與最先掏出的信封上的一樣。

「對妳，我也是從以前就這樣一直寫著信……原本想要寄到妳關西的家裡。因為我一直聽說妳婚後的生活不好過。」

鹿山直美茫然望著那些信。毫無血色的臉上看不出任何感情。

「這些信全都沒有郵戳。」

「因為我沒寄。如果寄了，妳不就會收到了？」

井上冷冷地說。雖然知道他很笨拙，但應該可以換種說法吧！真令人緊張。

「……我回店裡去了。」

鹿山直美語帶哽咽地說。

「我聽到你說寄信給父親時，真的很開心……也曾經有段時期，我期待著你會對我說些什麼。」

她就這樣抱著書奪門而出。井上沉默地看著她離開後，緩緩撿起散落四處的信紙信封。

「您不追上去嗎？」

「馬上就去。反正她也是回我店裡。」

他粗魯地一把抓起那些帶著多年心情的信，塞進口袋裡。

「我騙她寄信的事，等一下會向她道歉。我不曉得情況會變成什麼樣子，不過她沒說要辭職……至少會聽我解釋吧。」

「對不起，都怪我們……」

栞子小姐想要道歉，井上卻阻止她，恭恭敬敬地一鞠躬。

「不，妳幫忙解開誤會了，我應該要向妳道謝。」

「……那只是運氣好罷了……呃，可以請教您一個問題嗎？」

正準備離開的井上回過頭來。

「什麼問題？」

「一郎這個綽號，是不是來自於《少年偵探團》？」

他一瞬間像是沒料到有這一招，隨即又回以會心一笑。不懂原因的人只有我一個。

「……《少年偵探團》系列中有個名叫井上一郎的團員經常出現。他也有在《魔法人偶》中出現。是個『有智慧也有能力，很可靠』的少年。」

栞子小姐為我說明。一人書房的老闆名字是井上太一郎，只多了一個字。井上點點頭。

「沒錯。因為名字跟井上一郎很像，直美才會找我一起玩少年偵探團遊戲。如果我不叫這個名字，她或許早就找其他小朋友了……我和她的緣分彷彿是亂步促成的，也可以說我與亂步的緣分是直美促成的。」

說完，井上便轉身走出書房。

11

書房再度恢復寧靜。

「這樣的結局，應該不算壞吧？」

「大概是……剩下的就是他們兩個人的問題了。」

栞子小姐再度坐在地上，開始搜尋沙發的內容物。我熱切地端詳著沙發的機關。椅面部分是以汽缸活塞抬高。主人大概相當細心保養，上頭幾乎找不到鏽斑或汙漬。

「這麼說來，妳剛剛說的《人間椅子》是什麼？」

「……《人間椅子》是亂步早期的短篇作品。」

她一邊說著，鏡片後頭的眼睛往上瞥了我一眼。

「故事的開始是美麗的女主角收到一封長信。寄信人是一名自稱家具師傅的男人……信上提到許多奇怪的經驗。每天兢兢業業製作椅子的他，有天在客人訂製的椅子上裝了機關，讓自己躲進去，他開始隨著椅子瀏覽外頭的世界。一開始只是打算前往目的地偷竊，最後卻沉溺於透過椅子觸碰他人肉體的愉悅。」

「……好驚悚的故事。」

光是我聽到的內容，就讓我覺得亂步的小說多半是討論人類心靈的黑暗部分，以及詭異幻想等。我很難形容得精準，大概就像是脫離現實的夢被賦予了形體一樣。

「對吧。結局的大逆轉也很巧妙……是他的代表作之一。人躲在有機關的椅子裡這種設定，在亂步的其他小說中也經常出現，例如：美女小偷和明智小五郎對決的《黑蜥蜴》，或是戰前發表的《少年偵探團》系列中的《大金塊》……」

她突然緘口。

「怎麼了？」

我嚇了一跳。她很少在聊書的時候突然中斷。

「鑰匙不在這裡。」

「啊……」

這麼說來，我們在找的東西是保險箱鑰匙。她把沙發裡的舊書一一堆在茶几上，裝著徽章和手冊的箱子也拿了出來。空蕩蕩的沙發裡頭沒看見其他物品。

「回到原點的意思嗎？」

如果沒找到鑰匙，前面付出的心血就沒有意義了。牽扯上好幾個人，結果找到的只有這套《少年偵探團》系列，真教人氣餒。

但是她搖頭否認。

「不，我想沒有。請看這個。」

她指著桌上的《少年偵探團》系列。我原本以為每一本都屬於同一套全集的書，一看書背卻發現其中混了幾本不一樣的。每本書的狀態都很好，但老實說不太一致。

「裡頭也有POPLAR社出版的版本呢。」

數了數，剛才看過的蜘蛛標誌和西洋頭盔標誌的書背共有四冊，分別是《電人M》、《二十面相的詛咒》、《飛翔的二十面相》、《黃金怪獸》。

「鹿山明先生的收藏似乎有個規則……在這裡的這些全是最早發行的單行本初版書。這四冊裡頭雖然收錄了亂步晚年的作品，不過第一個發行單行本的卻是POPLAR社。」

我在腦中整理了一下她所說的話。意思也就是他堅持收藏最早出單行本的初版書，所以收藏品跨越不同的出版社及版本嗎？

「光文社版的《少年偵探：江戶川亂步全集》一冊裡，雖然有許多第一次推出單行本的作品，不過也有幾篇過去出版過的作品。這裡的《青銅魔人》、《虎牙》（後來改名為《地底魔術王》）就是如此……話說回來，你不覺得這些收藏看起來很奇怪嗎？」

我姑且再看了一次書背。問我這個門外漢這種問題，我怎麼可能知——等等，這麼說來的確不太對勁。

「少了《怪人二十面相》和《少年偵探團》耶。」

我沒看到最有名的作品。而且冊數好像比鹿山義彥持有的POPLAR社全集更少。

「是的。這裡少了戰前出版的《怪人二十面相》、《少年偵探團》、《妖怪博士》、《大金塊》這四本。」

我想我的頭腦還算清楚，對於這件事情還有印象，前幾天第一次進入這間書房時，栞子小姐為我說明了關於《少年偵探團》系列的種種，我記得——

「妳說過戰前是另一家出版社出版的？」

「沒錯！那四本是講談社出版的。如果是鹿山先生那一輩，小時候熟悉的版本肯定是戰前的講談社版。考慮到他的收藏原則是只收集最早的單行本，他應該會想要先找到講談社版才對。而這裡卻連一本也沒有，這就表示……」

我終於知道答案了。藏在沙發底下的只有戰後出版的光文社版和POPLAR社版。也就是說，除了這裡之外，還有另一個祕密藏書處，而戰前的講談社版就沉睡在那裡。搞不好保險箱鑰匙也藏在那裡。

「在哪裡呢？」

「我現在正在想……」

她緩緩站起，手指按著太陽穴，一邊拄著拐杖繞圈子走。這也許是我第一次看到栞子小姐想破頭的模樣。

「應該在這個書房裡沒錯……既然是這樣……剛剛的……」

喃喃自語的她突然改變方向走向房門。我還以為她要走出門外去，連忙繞到她面前準備開門，但是她搶先一步拉住我的袖子。

「……剛才我們和直美小姐談話時，我一直覺得奇怪。」

「咦？」

「這個書房的牆壁和房門都很厚，幾乎完全聽不見走廊上的聲音。我們剛才也沒聽到井上先生走過來的腳步聲，對吧？」

「沒錯……」

「直美小姐說過，她是半夜聽見書房裡傳出奇怪的聲響而偷窺書房裡。如果是平常的聲響，照理說她應該不會聽見。」

「應該是很大的聲音吧？」

「既然如此，鹿山明先生應該會更加小心地確認聲音有沒有傳到外面去。再說，會弄出那麼大聲響的東西，到底是什麼呢？」

「呃……比方說打開這個沙發……不，應該不是。」

我否定自己的答案。這樣一來就不合理了。鹿山直美正好看見父親啟動機關——也就是說，在她看見之前，父親還沒有打開。再加上開關沙發幾乎不會發出聲響，既然製作完成過了幾十年後的現在都沒有發出聲響，那麼剛做好、還是全新沙發的時候一定更安靜才是。

「沒錯。聲響不是沙發弄出來的。還有一點……鹿山明先生想要把收藏品擺進當時剛買的沙發裡，表示他也許正在把收藏品從其他地方移過來……所有線索湊在一起的話……」

琹子小姐碰了碰門。門上似乎埋了好幾片橫長的嵌板，設計得很厚實。她用手指戳了戳與眼睛等高的嵌板邊緣，突然發出很大一聲「喀答」，原本裝飾在嵌板上方的邊條脫落了。

「啊……」

我總算了解了，幫著她一起拆卸支撐嵌板的其他邊條，當然也拆下了嵌板。裡頭有個深度很淺的祕密書櫃。

「原來房門本身就是書櫃嗎……」

怪不得門那麼重。所有的嵌板底下恐怕都有祕密書櫃，鹿山明就是把收藏品藏在這裡的吧。而鹿山直美聽到的「奇怪的聲音」就是門發出來的聲音。

書櫃上有四本黃色封面的舊書，書封朝著我們排列。這些書比沙發底下光文社的版本更古老，每一本都裝在略大的透明塑膠袋中。書名分別是《怪人二十面相》、《少年偵探團》、《妖怪博士》、《大金塊》——這些肯定就是講談社的版本了。

「好驚人啊！」

栞子小姐興奮地紅了臉頰，拿起右邊的《怪人二十面相》。

「這麼漂亮的講談社版本，我還是第一次見到！封面完全沒有破損也沒有弄髒。狀態這麼好的戰前童書十分珍貴呢！」

我也懂她所說的意思。無論哪個時代，小孩子對於自己的書總是很粗暴。我想我小時候——還能夠看書時一定也是一樣。

「封面是彩色的耶。」

我越過她的肩膀看著書說。封面上畫著沉思的少年、即將失竊的寶石，以及戴面具的奇怪男子。少年與怪人的組合似乎從一開始就不曾改變。

「是的。封面內側的圖畫也是多色印刷。以一九三六年的時代來說，裝幀算是非常講究。書封底下的圖畫也很棒喔。幫我拿一下。」

她把書擺在我手上，俐落地用一隻手拿掉塑膠袋和書封。褐色的布面書皮上描繪著戴著絲質禮帽、面具、披著披風的怪人。這麼有品味的插圖實在很難想像已經有七十年以上的歷史了。

「這個……價格一定很高吧？」

「當然。《少年偵探團》系列的書迷年齡範圍很廣，因此對於初版書的需求量也很高。我沒有仔細看過內頁，所以不能斷定……如果由我們店出售的話，我想四本一套應該會賣一百五十萬日圓以上。」

我聽到這個價格不禁愣住。雖然這是人人都認識的作品初版書，但我沒想到居然這麼值錢——不，或許原因就在於人人都認識這套作品。

「啊！」

在我身旁的栞子小姐小聲驚呼，手伸進《少年偵探團》和《妖怪博士》之間，拿出一把像是鐵製的老舊鑰匙。

「總算找到了。」

她看向我，微微一笑。

離開鹿山家之後，我們直接開著廂型車前往鎌倉，準備把找到的鑰匙交給來城慶子女士，確認是否為那個保險箱的鑰匙。總之我們往前邁進了一步。

「必須向小文道歉……」

下坡進入縣道時，栞子小姐說。今天她只有早上要去學校上半天課，下午想出門去買東西，所以我們說：「馬上回來。」拜託她看店。看樣子還得耽誤一點時間。

「是啊。」

我一邊開車一邊含糊地點點頭。我滿腦子都是其他的事——鹿山明的事。

剛才的書房門和沙發的祕密書櫃，怎麼看都不像是外行人做得出來的機關。一定是花了大筆金錢的特殊訂製品。住在那麼氣派的屋子裡，卻又認真地製作那麼蠢的機關，我很難想像這兩件事情是同一個人所為。

鹿山明在家裡態度嚴肅，卻在外面有情婦。也偷偷在偵探手冊上留下給女兒的訊息，並且拯救年輕的舊書店老闆脫離困境。井上和直美曾經把他比喻為怪人二十面相，我覺得鹿山明這個人的確擁有很多不同的一面。

如果他還有另一張臉，似乎也不奇怪了。

大約花了三十分鐘左右，我們抵達了位在雪之下的來城慶子家。來到玄關迎接我們的人是妹妹邦代，可是碰面時，氣氛卻有些詭異，她似乎有點坐立不安、心不在焉。我想栞子小姐也注意到了。

儘管如此，我們還是馬上被領進起居室裡。沒看見來城慶子，圓形茶几前面和上次一樣擺著三張椅子，以及可以容納一個人的空位。那個空位是為了輪椅準備的。

「小慶現在人在院子裡……等一下就過來。」

田邊邦代說。因為厚厚的窗簾遮住，因此我們無法清楚看見院子裡的情況。落地窗似乎開著，窗簾底部隨風翻動。

果然不太對勁。等待已久的鑰匙總算來到這個家裡，主人卻依舊待在院子裡不露面。收納保險箱的衣櫃是開著的，栞子小姐拿著鑰匙緩緩坐在保險箱前面。我則若無其事地環視昏暗的房間。

我想如果有什麼不對勁，或許哪兒有線索。但是，大部分地方都和上次沒兩樣。只是擺在櫃子上的物品──相框、黑色電話、面紙盒都蓋上了蕾絲編織布罩子。這麼說來，田邊邦代的興趣是蕾絲編織。老實說和這個房間一點也不搭調。這是長大後我第一次看到蕾絲編織布罩子。

「應該就是這個保險箱的鑰匙沒錯了。」

我聽見栞子小姐的聲音，回過頭一看。剛才找到的鑰匙已經插在經過裝飾的鑰匙孔上，完全吻合。

「剩下的就是密碼了。我剛才試過幾個想到的密碼，不過沒有出現什麼特別的反應。請讓我再重新調查。」

「這樣啊……接下來麻煩妳了。」

田邊邦代斜眼看著通往庭院陽台的落地窗。來城慶子還是一樣沒有現身。

「您家院子裡有客人嗎？」

一邊問，栞子小姐一邊拄著拐杖站起身。

「嗯，算是吧……」

她只有含糊回應，沒有解釋。栞子小姐也看向落地窗那一頭，結果看到有人站在窗簾那一側，是一個長髮女子的剪影——不曉得為什麼一瞬間看起來很像栞子小姐。她將一隻纖細的手伸進兩片窗簾的交接處，緩緩揭開。

「啊……」

栞子小姐的嘴裡溢出沙啞的聲音。我也愣在原地。穿著黑色外套、帶著淺色太陽眼鏡的中年女子站在陽台上，比女兒更長的黑髮隨風飄揚著。前幾天也不曾像現在距離這麼近。

「好久不見，栞子。」

篠川智惠子說。

江戶川亂步

第三章

《押繪與旅行的男人》

1

結果我早早就離開了來城慶子家。因為篠川智惠子一出現，栞子小姐馬上對著院子裡的委託人行了一禮，然後沉默地離開現場。

不曉得為什麼，花壇旁坐在輪椅上的來城慶子似乎很困惑地仰望著待在起居室裡的我們。她和篠川智惠子在談些什麼呢？

栞子小姐匆忙坐進停在大門旁的廂型車副駕駛座上，繫上安全帶。我強烈地感受到她一秒也不想和母親呼吸同樣空氣的心情。總之，我也跟著坐進駕駛座。

「就這樣回去了嗎？」

鑰匙送到，工作就結束了，不過我總覺得應該要了解一下發生什麼事了。再說，這是栞子小姐相隔十年來，首次和母親重逢。

「當然。請快點開車。」

她以唸咒語般沒有抑揚頓挫的聲音快速說。

「不用和妳母親說說話嗎？」

「我沒有什麼話要和那個人說。」

「可是，之前……妳不是那麼生氣嗎？以後或許就沒有機會直接說了。」

我不是期待著她們母女兩人吵架，不過這樣也比直接回家的好。再說，單就這件委託來講，有些事情仍必須問問篠川智惠子。

栞子小姐繫著安全帶，像石頭般動也不動。當然我也沒打算強迫她們見面。總之，今天就先撤退吧。正當我準備發動車子時，玻璃傳來扣扣的敲擊聲。

「唔哇！」

穿著黑色外套的篠川智惠子正湊近看著車內。我猶豫了一下，打開了駕駛座的車窗。

「……怎麼了嗎？」

「你們要回北鎌倉的話，能不能順便載我一程？」

「什麼？」

她露出天真的笑容說。

「我接下來要回北鎌倉的家看看文香。剛才我打電話回店裡，她叫我無論如何都要過去一趟。」

我想起篠川文香說過——總之我希望她至少能夠回來露個臉。因此篠川智惠子打電話回家的話，文香一定會叫她過去一趟。雖然文香說的是「很想說說她」。

既然這樣，我就不能拒絕了。栞子小姐也沒說什麼，於是我們就讓篠川智惠子坐上後座。

天氣不是太冷，但是車裡的空氣卻冷到了極點。沒有人想開口。

明明是平日，鶴岡八幡宮前面的十字路口卻很壅塞。適逢若宮大路的櫻花盛開，花瓣彷彿滿溢而出似地開始散落。有不少人停下腳步拿起相機或手機拍照。

「……真美。」

率先打破沉默的人是篠川智惠子。因為她的聲音和女兒太像了，讓我感到混亂。我看了看後照鏡，只見她穿著灰色長褲的雙腿併攏、挺直腰桿坐著。這種時候的姿勢也和女兒很像。

「您為什麼會出現在來城女士家裡？」

栞子小姐仍舊保持著沉默，於是我只好開口問。

「當然是為了保險箱的事。」

「保險箱？」

「我聽說來城女士想見我，所以直接過去看看。她想要打開那個保險箱，對吧？妳接下她的委託了吧，栞子？」

女兒沒有回答。如果是聽說這件事之後才去的，那在我們接受委託當時，她跟這件事就沒有關係了。哎，不過我也不曉得她所說的話，有哪些是事實就是了。

「那麼，您和來城女士以前見過面嗎？應該說，您早就知道保險箱的事了？」

「這是我第一次和來城女士直接碰面。我們曾經講過電話……大輔，你問我是不是早就知道保險箱的事情之前，應該先確認我和鹿山先生的關係吧？這樣子比較容易整理狀況喔。」

「啊，這樣啊。」

我忍不住感到佩服，這都要怪她的聲音和平常聽見的栞子小姐太相像了。等我回過神時，發現栞子小姐正不悅地從副駕駛座瞪著我——呃，我並不是在跟後座的那個人開心聊天啊。

「我正好有空的話，也想幫忙調查保險箱的密碼。只要有半天時間應該就能夠解開了。」

栞子小姐愣了一下轉頭看向後座。篠川智惠子瞇起眼睛微笑，眼周的皺紋看起來有種美感。

「妳終於看向我這邊了。這很正常吧？這委託原本就是要找我的。對方只要有人能夠幫忙打開保險箱，無論是誰都好，也說了只要有人先一步解開密碼，就把藏書賣給那個人。」

我覺得這段話聽來不對勁。如果只是這樣，那對姊妹不至於看來那麼困惑？篠川智惠子應該還要求了其他——讓她們倆姊妹難以回答的事情吧？如果是篠川智惠子，的確很有可能。

「這麼說來，她們出了些有趣的謎要我猜呢，要我猜猜遮住書封的初版書書名。栞子也猜過了吧？猜出來了嗎？」

「……是的。」

實在是回答得很不情願。

「很簡單對吧，連一秒鐘都用不著煩惱。」

栞子小姐稍微睜大了眼睛。這個人當時思考了幾秒。

我忍不住透過後照鏡觀察篠川智惠子。她從剛剛開始就說些只要半天就能夠解開、連一秒鐘都用不著煩惱等聽來有些虛張聲勢的話。這個人的腦袋真的很厲害嗎？

「那麼簡單就能猜出來嗎？」

我問。

「要分辨亂步的初版書很簡單。你們那時候是哪一本書？」

是要我考考她的意思嗎？——我一邊開車一邊回憶：

「戰前出版的三十二開大小？……的書……我記得是……」

「原本就沒有書封和書盒。有點厚。」

栞子小姐以充滿敵意、非常生疏的語氣接著說完。然後——

「《孤島之鬼》吧，一九三〇年的。」

篠川智惠子在聽完我們問題的同時回答。真的不到一秒鐘。

「另外，也有可能是一九三六年出版的評論集《鬼之言葉》……符合這些條件的書應該有兩本。」

「咦……」

副駕駛座上的栞子小姐屏息。

「不過，如果看到實際的書，就能夠立刻經由厚度、版型的微妙差異判斷了。既然是我的女兒，當然解得開啊。」

聽著心情愉悅的母親這麼說，女兒緊咬著嘴唇。顯然她沒有想到還有另一個可能。我原本以為篠川栞子的舊書知識已經太充足了，沒想到母親更在她之上。

廂型車來到北鎌倉車站，先經過了文現里亞古書堂前面。玻璃門的窗簾關著，上頭貼了張紙，以潦草的字跡寫著「臨時休息」。那是文香的字。

「哎呀……」

篠川智惠子輕輕笑了出來。又不一定會受到歡迎，現在是笑的時候嗎？畢竟妹妹文香對於母親也有某種程度的複雜感情。

我把車子開到相反方向的主屋停車場——穿著深藍色西裝制服的篠川文香就站在玄關前。我停車的同時，她翻飛著灰色的裙子跑過來。

「媽媽！歡迎回來！」

她擅自打開後座車門，笑容滿面地喊道，迎接的態度超乎想像中的熱情。篠川智惠子絲毫沒有動搖，跟著回以微笑。

「好久不見，文香，妳長大了。」

「我長大了喲！進來進來！」

她以拇指指著玄關大門。

不小心錯失了退場的時機，我也跟著一起進了起居室。四個人圍著矮飯桌坐下後，篠川文香立刻去幫大家泡茶。

「妳為什麼穿制服？」

我小聲問。照理說下午應該不用上課才對吧？

「嗯，因為我不曉得該穿什麼……既然是高中生，我想這樣穿應該最正式吧……」

「很好看，文香。茶也很好喝。」

聽到母親稱讚，文香害臊地搔搔頭。栞子小姐還是一樣沉默。感覺她就算隨時會怒火噴發也不奇怪。

「媽媽，今天晚上要留下來吃飯嗎？我負責做菜……」

「今天晚上約好了和人見面談工作，所以沒辦法留下來。」

她很乾脆地拒絕了邀約。我不自覺地瞪著她的側臉看——既然這樣，妳到底又為什麼要到這裡來呢？

「這樣啊……真可惜。」

文香的聲音少了幾分力氣。栞子小姐放下茶杯。剛才的對話似乎讓她斷了理智。但是，妹妹像是要先發制人，豎起三根手指。

「我有三個問題要問媽媽！」

雖然她不是刻意模仿，不過跟姊姊偶爾會做的動作意外相似。

「什麼問題？」

篠川智惠子說。文香笨拙地只彎起一根無名指。

「妳這十年都在哪裡做些什麼？」

「我去了許多國家，在很多地方從事舊書工作。」

感覺上幾乎沒有回答問題，但文香卻老老實實地點點頭。

「我寫的電子郵件，妳全都讀過了嗎？」

「全都讀過了……因為有些原因，所以我無法回信。」

「嗯……這樣啊。」

「什麼……」

什麼原因讓妳無法回信，妳能不能稍微解釋一下？——我把這句追問吞了回去。問問題的當事人很冷靜，反而是我這個局外人發火，這怎麼可以。文香彎下最後一根食指，緊握拳頭。不曉得什麼時候，她唇邊的笑意已經完全消失了。

「為什麼妳沒有留書給我？妳留了書給姊姊卻沒有留給我？」

凝重的沉默充滿整個起居間。這大概是她最想問的問題吧。難道自己和姊姊相比，是可有可無的嗎？——我也探出上半身等待著篠川智惠子的回答。如果她的回答仍舊像剛才那些一樣目中無人，我這個局外人也不會善罷甘休。

「……我留了喔。」

母親不解地回答。文香偏著脖子。

「……什麼？」

「妳們兩個人我各留了一本不一樣的書……栞子不曉得嗎？」

話題轉到自己身上，栞子小姐把臉轉向一旁。

「……書在我這裡。」

她不情願地回答。文香一瞬間驚訝地張大嘴巴。

「咦？等、等一下。騙人的吧？」

「沒有騙妳。小文每天哭得很厲害……妳說妳不要那本書，就把書丟在走廊上。」

「我、我怎麼完全不記得有這件事！真的有嗎？」

「小文當時還小，所以……雖然是很棒的書，不過……內容……」

栞子小姐沉下臉。究竟是什麼書呢？妹妹抓住姊姊的手臂搖晃。

「那本書，妳沒丟掉吧？在哪邊？我想看！」

「……我在整理二樓時找到了，就擺在我桌……」

文香沒有聽完最後一個字就飛奔出去。大概是很著急吧，只聽見她跌跌撞撞的聲音——話說回來，留給姊姊的那本《Cracra日記》在妹妹手裡、留給妹妹的那本書在姊姊手裡，這巧合還真複雜啊。

文香一眨眼就從二樓回來，對著母親和姊姊舉起綠色封面的書。上頭描繪著歐洲或某處的鄉村風景。

「這個？這本圖畫書？」

兩人同時點頭——那是安野光雅的《旅行繪本》。我說不出話來。這對於母親失蹤的女兒來說，實在不是值得高興的書名。書本身無罪，不過送書者的品味有待商榷。

「唔哇！謝謝媽媽！」

但是她現在很開心。她把那本圖畫書擺在矮飯桌上翻閱，所有人不自覺也湊近了看。從天空俯瞰的村落風光一點一點逐漸變化、延續下去。似乎是一本幾乎沒有文字、只有圖畫的書。

「這本圖畫書講的是主角騎馬旅行。每一頁的某個地方一定有主角的影子……看，像是這邊。找尋主角是一種樂趣。」

栞子小姐手一邊指著一邊說明，篠川智惠子也開口：

「文香是個不看書的孩子，所以我想這種書應該很適合。」

「嗯。這本很好……我小時候不懂，而且那時也自顧不暇。」

文香說。栞子小姐一邊翻著書頁一邊繼續為我說明：

「可以看到主角所到之處的人們的生活，真的很不錯呢。他們會舉辦運動會，或是上市場買東西。」

「是啊。而且到處都借用名畫的場景喔，有法國畫家庫爾貝（Gustave Courbet）和米勒（Jean-François Millet）的畫等……這是我以前很喜歡的圖畫書。」

篠川智惠子說。一翻開舊書，母女之間的氣氛就突然改變了。我心想，她們的關係還真是不可思議啊。

文香突然伸手把圖畫書合上。母親抬頭。

「媽媽，妳打算回家嗎？」

「……不是說只問三個問題嗎？」

篠川智惠子打趣似地笑了笑，然後馬上恢復嚴肅的表情。顯然她也明白這是認真的問題。

「目前沒有回來的打算……抱歉。」

她的語氣聽不出來她真的覺得抱歉。文香突然挺起胸膛端正坐好。原本嬌小的身軀不曉得為什麼看來長大了。

「……那個，說實話，妳不用勉強回來也沒關係。」

她口齒清晰地說：

「我一直很想見妳。但是，我已經不需要母親了。姊姊把書店打理得很好，我也會做家事……就算沒有母親，我們兩個也有辦法活下去。」

她的表情和聲音沒有任何責備。其他人沒有說話，只是專注聆聽著。

「我知道媽媽有想做的事，所以不在我們身邊。不過，如果妳打算像之前一樣不聯絡也不露面的話，我也會漸漸地不再想妳了喔……到時候，請不要踏入我們家門。」

篠川智惠子第一次拿下太陽眼鏡，重新好好面對自己穿著制服的女兒。她凝視對方的樣子彷彿要把對方的模樣烙印在眼睛上。

「文香……妳真的長大了呢。」

最後，百感交集地這麼說。

2

篠川智惠子說有話要對我們兩人說，於是我和栞子小姐移動到昏暗的書店裡。下午的陽光將窗簾內側照得明亮。

「這樣的陳列看來賣不太出去呢……啊啊，原來如此……這種……」

穿著黑色外套的女子喃喃自語著繞著書櫃看，樣子就像在和舊書對話。

「妳要說什麼？」

栞子小姐以冰冷的聲音開口問。她母親從堆在走道上的舊書堆裡抽出一本翻閱。

「明天中午之前我有事情要忙，不過之後我就會回到鎌倉來。我幫妳找密碼。既然鑰匙是你們找到的，來城女士的藏書收購，我們就一人一半如何？」

「我拒絕。」

栞子小姐立刻回答。但是，如果這個人硬是要介入的話，我們也無從置喙。我相信她也明白這點。

「不想分的話，妳就必須快點把密碼解開。不過我想這負擔對於沒親眼見過鹿山先生的妳來說，肯定不輕。」

我知道栞子小姐咬緊了牙根。我抬頭看了看店裡的時鐘。如果她明天下午會再回來，時間已經剩下不到二十四小時了。

「您與鹿山明先生熟到什麼程度？」

我想起剛才在車上她提到的事，便開口問。篠川智惠子苦笑。

「這問題還真直接啊。一人書房的井上先生沒說過嗎？你們是因為他的幫忙，才能夠在鹿山家找到鑰匙的吧？」

「嗯，算是……」

「他那個人很能幹，只是有點笨拙而已。」

「……所以才會被妳威脅。」

栞子小姐加上一句責備。篠川智惠子似乎不為所動，對著我繼續說：

「我聽說祕密書櫃藏在書房的門裡。你們找到的不是只有鑰匙吧？」

「裡頭還有戰前的《少年偵探團》系列……妳早就知道鹿山先生把書藏在書房裡嗎？」

「不。只是我有猜到。因為鹿山先生說過自己十一歲時第一次閱讀的亂步……寫給青少年看的作品是他的起點，他自然會想要擺在手邊。」

「您和鹿山先生似乎感情很好。」

「當然。我們有段時期就像親密的好友。我離開日本後，有段時期也經常保持聯絡。我從他身上學到許多。從愛書的客人身上獲取資訊對舊書店來說相當重要……這部分栞子就很難做到。看書櫃就知道了。」

與其說她是把對方當成好友，聽起來更像是她只把對方當作資訊來源利用。栞子小姐不悅地揚起眉毛。

「妳知道鹿山先生學生時代曾經想要當小說家吧。」

「……知道。」

我點頭。

「他曾經寫了好幾本以密碼為題材的推理作品、幻想類的怪談作品等寄去雜誌投稿。他不僅喜歡早期的亂步，也喜歡影響亂步的美國作家愛倫坡（Edgar Allan Poe）的作品。我常笑他的作品風格與當時的流行脫節。」

我聽說過江戶川亂步這個筆名就是模仿愛倫坡而來（註1）——哎，雖說我不知道愛倫坡寫的是哪一類作品。

「愛倫坡是十九世紀的美國作家兼詩人。他也是知名的懸疑、驚悚小說作者，也寫了《莫爾格街凶殺案》（The Murders in the Rue Morgue）、《金甲蟲》（The Gold-Bug）等可說是推理、密碼作品的始祖之作。不只是亂步，他也影響了許多文人……大輔，你只要一有不懂的地方，馬上就會寫在臉上呢。」

篠川智惠子流暢地為我說明。這種地方也和栞子小姐很像。

「……立志成為作家這一點，與這次的事件有什麼關係嗎？」

栞子小姐低聲問。無論她是否已經做好心理準備，看樣子她似乎領悟到必須和篠川智惠子說話不可。為了能夠在明天中午之前打開保險箱，她必須多少弄到一些資訊。

「可以說明鹿山明先生的秉性啊。想要找尋線索打開保險箱，自然應該先了解他這個人，對吧？」

我心想，的確是。在此之前我們也以舊書當作線索，逐步了解了鹿山明這號人物的內在。對於完全不曾見過面的已故書主及他的家人，如今我們已經知道了許多。

（……嗯？）

特地告訴我們這個「線索」，她是在幫助栞子小姐嗎？她明明說了自己會在明天下午打開保險箱。

怎麼覺得她的言行似乎不一致？這個人的真正想法究竟是什麼？

「鹿山先生一定很希望能秉持著自己對於小說的愛及才華成名吧，但小說之路卻無法實現，最後他將一切封印……聽說他從來不曾把自己過去的作品給其他人看過。

但是，我認為他將這兩種情感轉換成另外一種形式，一方面在事業上獲得成功，另一方面繼續偷偷收集舊書。對於鹿山先生來說，也許兩者都像是他在這個世界所作的夢。」

篠川智惠子回到櫃台前，將剛才抽出來的書擺在櫃台上。那本書是江戶川亂步的《我的夢想

註1：江戶川亂步的日文發音是 edogawa ranpo，愛倫坡的日文發音是 edoga aran po，兩者發音很近似。

與真實》。這一定也和那句話——「塵世是一場夢，夜裡的夢才是現實」有關係吧。這本書看來很陳舊。

「這本標價太高了，我認為半價就可以。」

她隔著櫃台與女兒面對面，彷彿在等待對方提出問題。也許是受到這種氣氛影響，栞子小姐開口：

「妳知道那個保險箱裡放的是什麼嗎？」

「我沒問。我想應該只有來城女士知道……不過我有自己的猜測。妳認為呢？」

「……既然是擁有那般豐富收藏的人所私藏的物品……我想也許是不曾被發現的草稿之類的。」

「判斷正確。畢竟也曾有人找到了《兩分銅幣》、《人間椅子》的未完成草稿。我可以說說我的結論嗎？」

我們忍不住點頭。

「如果只是普通草稿，鹿山先生或來城女士沒有必要堅持隱藏。歸納了一下所有資訊後，我個人想到的答案只有一個。」

說完，篠川智惠子豎起食指。

「那是《押繪與旅行的男人》的初稿。」

「……怎麼可能。不可能。」

經歷漫長沉默之後，首先開口的是栞子小姐。她的話說到最後帶著顫抖。那似乎是相當不得了的東西。

《押繪與旅行的男人》之前曾經出現過。在鹿山明的「報告書」中也說到他喜歡這部作品，來城慶子也說過這是她很喜歡的小說。在鎌倉那個大宅裡裝飾的海市蜃樓照片，應該也是因為這部作品的緣故。

「就是那部有海市蜃樓的故事吧……？」

兩位長相相似的女性同時轉向我，眼睛閃閃發光，異口同聲地說：

「昭和四年（一九二九年）——」

「那是昭和四年發表的奇幻短篇，亂步本身也深愛那部作品。在書迷之間也相當受歡迎，可說是他的代表作之一。」

兩人又同時緘口。她們兩個真的很喜歡聊書。栞子小姐瞪了母親一眼後，繼續說：

「故事內容講述主角前往魚津看完海市蜃樓後，在回程的火車上遇見帶著大幅押繪的奇怪男子。押繪就是一種用布或棉布製作出立體感的手工藝貼畫，現在也經常用在羽子板（註2）等上頭的裝飾。

那幅貼畫上描繪的是一名美麗的少女，以及與持有男子很相像的老人。根據男子的說法，畫中的老人是他的哥哥，因為深深愛上畫中的少女，因此藉著望遠鏡的神奇力量讓自己也進入畫中。但是身為真人的哥哥與原本就是人造物的少女不同，會隨著歲月逐漸老去。男子抱著變成畫的哥哥，消失在夜晚的黑暗中……故事很短，也很有趣。想看的話我可以借你。」

「啊，好，請借我看看。」

故事聽來有點恐怖又不可思議。

「這部作品的初稿到哪裡去了呢？」

「不是到哪裡去了，而是作廢了……經由作者自己的手。」

「意思是他把自己寫的初稿丟掉了嗎？」

「是的。亂步雖然是人氣作家，不過他對自己作品的評價卻異常的低，甚至受厭惡感折磨而暫停寫作，出外流浪旅行。《押繪與旅行的男人》初稿是昭和二年（一九二七年）的秋天，在前往關西旅行的途中寫下……」

旅行途中寫下旅行男子的故事嗎？也許就是因為這樣才會選擇這個題材吧。

「亂步帶著那份稿子前往名古屋，參加作家公會會議。委託他寫這份稿子的人，就是當時《新青年》雜誌的總編輯橫溝正史……」

「啊，這樣啊……原來橫溝正史也當過編輯嗎？」

我聽說過他與亂步是交情長達幾十年的摯友。

「是的。但亂步對於作品沒有自信，因此在名古屋見了橫溝正史也無法把稿子拿給他看，就趁著半夜在旅館廁所裡把稿子撕破丟掉了。

現在我們讀到的《押繪與旅行的男人》是距離當時一年半之後，他重新改寫而成的作品。點子雖然一樣，不過內容據說相差甚遠。雖然亂步自己說過第一次寫的稿子很差……」

如果他對於自己的評價過低的話，那麼他的話就不可信了。很可能那份初稿是更為傑出的作品──我明白了栞子小姐興奮的理由了。只要是亂步的書迷，一定都會想要一窺究竟。

「……在廁所裡把稿子撕破丟掉，這畢竟只是當事人自己的說法。」

篠川智惠子插嘴。栞子小姐不耐煩地搖頭。

「亂步沒有理由說謊。再說，住在同一個房間裡的橫溝正史也證明了。他在隨筆中也曾寫到，亂步丟掉稿子後就直接這樣告訴他，還說想要找個地洞躲起來。」

「妳說的是《代作懺悔》吧。那篇隨筆我也讀過。但是，亂步翻了自己的包包後就離開房間了，而橫溝正史只見到他再度回來的樣子……並沒看到他直接丟掉稿子的瞬間喔。

註2：為日本傳統遊戲，使用長方形有花樣的木板互擊帶羽毛的小球，類似現今的羽毛球。

因為不希望其他人追問，也不願意讓人找到那份不想讓任何人看到的原稿，所以回答在廁所裡撕毀了，也很合理吧？就算稿子真的丟掉了，也有可能是在廁所之外、第三者可以回收的地方……」

「那只是妳的想像，不是假設。再說，那份原稿要怎麼交到鹿山明先生手上呢？如果稿子曾經出現在舊書市場，又怎麼可能不造成話題？」

與憤怒反駁的栞子小姐不同，她的母親只是很享受討論舊書的過程。

「假使原稿不曾出現在舊書市場呢？如果那份原稿不是從舊書店買來，而是鹿山家原本就有的呢？」

「愈來愈誇張了。怎麼可能有那種……」

「妳聽說過鹿山先生的父親是哪裡人嗎？」

栞子小姐怔住了。篠川智惠子微笑，彷彿在說「妳總算注意到了嗎？」

「看來妳知道……他是名古屋的大須人。昭和二年，亂步住宿的地點也是名古屋的大須……正是叫大須酒店的地方，那兒原本似乎是花街柳巷。當時，鹿山先生的父親應該在家鄉工作。」

這些線索也在我心中連接起來了。記得井上曾說過鹿山總吉與鹿山明來自大須這個紅燈區。這麼說來，鹿山明的「報告書」中也寫到，他父親總吉還待在名古屋時，輾轉換過不少工作——上頭也寫著他當過一陣子「旅館工作人員」。

「……妳的意思是身為亂步迷的工作人員偶然撿到那份原稿嗎？」

「不如說，那就是開始收藏江戶川亂步作品的起點，如何？某天得到奇妙的原稿……從此開始注意亂步這位作家，並且一本不漏地讀完這位人氣作家的小說……而草稿也傳給了有同樣喜好的兒子繼承。」

「這只是妳的猜測吧。」

反駁的聲音小了些。在一旁聆聽的我也漸漸覺得有這種可能。栞子小姐也曾經藉由這種愛書者才想得出來的臆測，找出了隱藏在舊書背後的真相。只不過她能否說中昭和初期的真相仍有待商榷——我認為凡事應該都有限度。畢竟這也是八十幾年前的事情了。

「剛才這番話，妳也找來城女士確認過了吧？她怎麼說？」

這次換我開口問。

「她沒有肯定也沒有否認……只回答：『我認為不是妳期望的東西。』」

或許是想起了當時的情況吧，篠川智惠子的笑意逐漸擴大。

「那就不是初稿了嘛，不是嗎？」

雖然她回答得吞吞吐吐，像是別有深意的樣子。

「不一定喔。因為她也沒有完全否認啊。」

篠川智惠子的聲音像孩子般雀躍。一講到舊書，她就愈來愈有精神，彷彿返老還童了。

「總之，只要打開保險箱，一切就真相大白了。我可是打從心底期待呢。如果真的是《押繪》的初稿，無論要付出多少代價我都想看看，難道你不想嗎？」

我沒有反應，但栞子小姐卻上鉤了。她點點頭之後，又馬上後悔地將視線從母親身上轉開。

「我差不多該走了。明天之前請好好努力吧。」

篠川智惠子把手插進黑色外套口袋，朝著玻璃門走去。她突然停下腳步，想了一下後，轉頭看向女兒。

「妳要不要相信隨便妳，不過……我給妳一道提示吧。」

栞子小姐臉上露出複雜的表情。不過她沒有說要或不要提示。她大概也很難開口吧。

「幾年前，我在國際電話上最後一次和鹿山先生說話時……我問他那個保險箱的事，他告訴我……『那是給慶子的謎題』。」

「……謎題？」

栞子小姐小聲說。

「他希望自己過世後，來城女士能夠愉快地享受打開保險箱的過程。找到鑰匙，解開密碼，然後收下保險箱裡的『寶物』……他為此花了很多時間準備，也安排好萬一她無法順利解開謎團，過一段時間，答案自動會送到她手上。」

「咦？那麼準備好的答案怎麼了？」

我忍不住插嘴。如果答案已經送到來城女士手上，根本就不需要委託我們了。

「他還沒有安排完畢就先過世了。因為答案還沒有準備好，才會演變出這一團混亂。」

考慮到鹿山明的另一面，他會準備這種遊戲也很合理——只是，這麼說來就表示他花了很長的時間準備。可是我們接受這次委託後，到目前為止還沒有看到需要花上那麼長時間的複雜機關。留在鹿山家的沙發和書房門機關，都是他遇到來城慶子之前就存在的東西。

「關於保險箱的密碼，我也只問出了一點點。他說：『我打算用只有我一個人才知道的名字當作密碼。』」

我在腦海中不斷反覆思索著這段話。這提示知道了跟不知道一樣。她說「問出」，表示篠川智惠子從以前就很在意保險箱的內容物吧。

我聽見拉門喀啦響起的聲音，反射性地抬起頭，才發現黑外套女子已經離開。明亮的陽光從敞開的拉門和窗簾縫隙照進來，延伸到了地板上。

（……連提示都給了呢。）

我關上拉門和窗簾。感覺有些不舒服。正如她本人所說，我不曉得她的話能不能信。那些話也許是說來擾亂我們的。

「大輔先生！」

店裡傳來迫於無奈的叫聲。我轉身看向櫃台後的店長。她看來很急著要進入主屋。

「怎麼了？」

「現在去開車！我們再去一次鹿山家。」

3

在行駛中的廂型車副駕駛座上，栞子小姐第一件做的事情就是打電話到鹿山家去。她表示有個非常重要的東西必須再檢查一次，只要一小段時間就好，希望能夠再次看看那間書房，並不斷交待如果有我們之外的其他人出現，直到我們抵達為止千萬不要讓她進入書房。

「……怎麼回事？」

我等她掛了電話後問。

「我想母親應該會前往那間大宅看看。」

「咦？為什麼？」

「她剛剛問過我們……『你們在祕密書櫃裡找到的不是只有鑰匙吧？』我一直很在意這句話。她聽見大輔先生你說門裡還有戰前的《少年偵探團》系列，卻不感興趣。表示她或許是想要確定我們是否找到了其他線索。」

「啊……」

因為她沒有任何表示，我也就忽略過去了。

「我沒有仔細檢查那個祕密書櫃的每個角落。找到鑰匙，我就鬆了一口氣……我太糊塗了。」

「可是，妳母親也不一定會過去吧？也許只是妳多慮了。就算她去了，也沒辦法馬上進入書房。妳都打電話到鹿山先生家裡交待過了。」

「……如果是那樣就好。」

她的不安似乎依舊還在。

抵達藤澤市的大鋸比想像中更花時間。我避開大船車站附近要等很久的平交道，改走陸橋，卻不巧碰上交通事故，反而塞車了。話雖如此，我們也沒有耽擱超過幾十分鐘，就算篠川智惠子直接前往鹿山家，我想應該還是趕得上。沒想到——

「你們派來的人已經看過書房，剛才先離開了。」

聽到在鹿山家玄關替我們開門的女管家這麼說，栞子小姐呆愣在原地。正如她所擔心的，篠川智惠子已經來過了。

「為什麼讓她進書房呢？我們不是說過別讓她進去嗎？」

我忍不住大聲說。女管家不解地看著栞子小姐。

「因為您打了第一通電話之後，又打來第二通……說：『我決定委託我母親過去，所以她到了之後，麻煩請讓她立刻調查書房。』」

怎麼搞的，我們哪有再打第二通電話。

「……是母親做的。我們被擺了一道。」

栞子小姐不甘心地說。我也總算明白了。篠川智惠子算準時機假裝成女兒打電話。她們兩人的聲音很相似，如果沒有見過面，十個人之中有十個人都會上當受騙吧。

她看穿了我們會連忙趕過來這裡，也看穿了我們會打電話聯絡鹿山家。

結果，剛才的「提示」或許是為了讓我們鬆懈的布局。總之，只要摧毀在鹿山家得到的線索，我們就無法解開密碼了。

進入書房後，我嚇了一跳，因為樣子變得和我們離去時不一樣。我們稍早曾向女管家報備過書房裡找到的物品，並關上了祕密書櫃——但是現在書房門內側的嵌板全部都被拆下，露出好幾層淺書櫃。每一層都空空如也，連講談社版的《少年偵探團》系列也不見了。

我環顧四周，發現那四本有著老舊書封的書被丟在沙發上。沒有被拿走姑且讓我安心了。

「我們中午過後回去後，是不是有哪位家人回來了呢？」

栞子小姐問道。

「少爺回來過了。大約三十分鐘前再度出門……」

「在我母親過來之前嗎？」

「是的。」

「謝謝您。接下來請讓我們單獨待在這裡就好。」

「那麼，兩位結束後，請通知我一聲。」

女管家關上書房門離開。栞子小姐湊近我的臉小聲說：

「這不是母親做的。」

「什麼意思？」

「她不會這樣對待舊書。」

她指著被丟在沙發上的書。那的確不是了解價值的人會對待書的方式。

「那麼到底是誰……」

此時門再度打開，穿著黑色夾克和緊身皮褲的年輕男子走進書房來。年紀大概和我差不多。有著和鹿山義彥一樣的長臉和厚唇，不過勉強算是個帥哥。以髮蠟固定的髮型乍看之下很自然地往左右飛揚。

看到我們，他一瞬間很驚訝，馬上又露出笑容。

「你們好。啊，妳是他們說的那個舊書店的人？聽說妳白天來了又走了。」

他熱絡地和栞子小姐攀談。

「是、是的……我是文現里亞古書堂的篠川。因為有點事……所以再次過來打擾。他是店裡的工作人員五浦……」

「好了好了，別那麼僵硬嘛。我是鹿山涉。請多指教。」

她難得能夠介紹我而不咬到舌頭，男子卻沒有聽到最後，搶先報上名字。這麼說來，鹿山家家譜的最底下寫著「鹿山涉」這個名字。他是鹿山義彥的獨生子。與認真嚴肅的父母親不同，這個人的個性似乎很輕佻。

他以莫名熱切的視線打量著栞子小姐，視線特別集中在穿著針織衫的豐滿胸部附近。他在打的主意太明顯了，讓一旁的我覺得不爽。

「那個，可以……請教您關於這扇門的事情嗎……？」

栞子小姐似乎完全沒有注意到對方的視線，吞吞吐吐地詢問。

「好啊，隨妳問。」

他一邊說著一邊走近一步縮短距離。栞子小姐困擾地往後退了一步。

「把、把門上祕密書櫃打開的人……是哪一位呢？」

「啊，這個？是我。早上我去大學朋友家裡回來後，聽根本太太……就是我家的女管家，說在書房裡找到以前的書了。我想找找有沒有其他值錢的東西……妳是那個吧，北鎌倉舊書店的人，就是在車站旁邊的店。」

他又往前走近了一步。栞子小姐也跟著後退。拐杖抵在地上時，她上半身重心不穩地搖晃。這讓我怒不可遏。

「是、是的……我是。」

她縮縮脖子小聲回答，樣子看來很驚恐。

「我念北鎌倉的私立學校，所以每天都會去橫須賀線的月台，偶爾會看到妳喲，神祕美人！」

神祕這兩個字是多餘的。我滑過半個身軀上前擋住他繼續往前進。鹿山涉不悅地揚起眉毛和視線。這是他第一次看我的臉。

「我們過來之前，你有遇到剛剛待在這裡的人嗎？」

我說。同時在心裡不斷地告訴自己冷靜、冷靜。

「沒有。我正好去了藤澤車站。你說的人是誰？」

也就是說，他和篠川智惠子正好錯過了。

「除、除了書之外……這個書櫃裡，還有其他東西嗎？」

栞子小姐躲在我身後說。鹿山涉移動到能夠看到她臉的位置上。他們兩人變成以我為圓心在繞圈圈了。

「要說有，的確是有。」

「能不能讓我看看呢？」

栞子小姐的聲音突然變得熱切。

「可是，那不是值錢的東西喔。其實我本來想確認看看它能夠賣多少錢，於是把它拿去舊貨店鑑定，沒想到老闆說這是假貨，不值錢，所以我才拿回書房來放。」

我雖然不是很清楚，不過看樣子應該不是舊書。這個男人的兩手空空，而篠川智惠子肯定沒有見到那個東西。他拿走後，她才出現；而在他回來之前，她又早已離去。

「可是，也許很重要……請務必讓我看看。」

她低頭鞠躬。男人的嘴唇上露出討厭的微笑。

「這樣吧，我讓妳看，相對地，改天要不要和我去哪裡走走？我們去約會、去約會。」

「什麼？」

「你在說什麼？別開玩笑了。」

這次大叫的人是我。

「我又不是在問你……還是說你是她男朋友？」

「不……不是那樣……」

我支支吾吾地說不出話來。我連邀她來一場正式的約會都是不久前才開口。這個男人才出現三分鐘就說出口的要求，我居然花了半年多，想想自己真是沒出息。

「怎樣？妳不想看這個嗎？」

他輕輕拍了拍皮褲的口袋。栞子小姐困擾地低著頭。我當然不可能讓他們去約會，但是也沒辦法強迫對方拿出來給我們看。我想不到兩全其美的解決辦法。

「在那樣的店裡工作很辛苦吧？偶爾喘口氣比較好。每天每天都在碰老書，煩都煩……」

栞子小姐突然抬起頭來，表情變得僵硬，和剛才截然不同。鹿山涉看到她這副模樣，眨了眨眼睛。

「……和我去約會的話——」

她說。她身上已經看不見半點膽小的模樣。

「我想你只會聽到我一直在談舊書……比如說——」

她指向丟在沙發上的講談社版《少年偵探團》系列。在沙發椅面底下還收著光文社版和POPLAR社版的初版書。

「在這裡的系列全二十六本、每本作品的可讀之處、執筆、出版的時代背景、裝訂、插圖的特徵、現在的舊書價格等，無論多少我都能一直講下去。大概會連續講十個小時不休息。如果中間要休息和吃飯的話，應該會更久……即使如此，你還是想和我約會嗎？」

「呃……」

我看得出來鹿山涉的心中似乎有什麼東西像潮水一般退去。他的眼神變了——這個不是他想約會的「神祕美人」，是只想敬而遠之的對象。

「……什麼嘛，原來是宅女嗎？」

他不耐煩地嘖了一聲後，順便看了我一眼，眼神在說——你的口味還真特別啊。不對，我雖然喜歡聽書的故事，但是連續十個小時也會很困擾啊。

「那麼，約會的事就當我沒說。這個隨你們處置吧，要拿回去也無所謂。」

鹿山涉從口袋裡拿出那個東西放在我手上，便匆匆忙忙地走出書房。還帶點餘溫的那個東西是一枚陌生的大錢幣。拿起來的感覺比看起來更輕。中央寫著「二錢」，背面的龍圖案四周寫著「大正十二年」。年代很古老，看起來卻很新，也許就是因為鹿山涉所說的，這是假貨。栞子小姐湊近看向我的手。

「這是兩分銅幣。」

「是啊，兩分……咦？兩分銅幣？」

這個字眼我聽過好幾次。我記得是亂步寫的短篇小說篇名。

「《兩分銅幣》是被譽為日本最早本格推理小說的佳作。鹿山明先生一定是模仿那篇故事，製作了這個複製品。」

「那是怎樣的故事？」

「主角是與朋友同住的貧窮青年……他偶然得到一枚兩分銅幣，銅幣中間被挖空，還塞了一張寫著密碼的紙。朋友在解密的過程中，確信密碼標示的是大筆贓款的隱藏地點，最後帶著大量紙鈔回來……獨創的密碼、巧妙的敘述方式，以及意外的結果，這些地方現在讀來仍是色彩鮮明的佳作。」

我一邊聽著她的說明，心不在焉地檢查著兩分銅幣的複製品。仔細看會發現邊緣有奇怪的割痕。看起來好像有什麼祕密裝置。我用指甲戳進割痕裡，掀起正面，結果硬幣工整地裂成了兩半，中間出現了挖空的洞。

「跟小說裡的一模一樣……」

我感到背脊發冷。《兩分銅幣》的主角們也是同樣心情嗎？

「這一定也是特別訂製的。裡頭放了紙。」

我拿出折起的薄紙，擺在茶几上小心翼翼地展開。上面是一排直寫的漢字——「南無阿佛、南無陀佛、彌、阿彌陀、南彌、南無彌、陀、南無陀佛、南阿陀佛、」。

「好厲害……居然做到這種地步。」

栞子小姐以沙啞的聲音說，興奮之情難以抑制。

「這是什麼？」

「……這樣必須提到作品中的詭計，我可以說嗎？」

「咦?啊，好。」

「《兩分銅幣》中出現的密碼是由「南無阿彌陀佛」六個字排列組合構成。這六個字從左邊開始每三個字一排，排成兩列，正好轉換成點字文字……密碼的漢字就是點字打點的地方。」

我的腦海中浮現點字的模樣。這麼說來，好像是以縱三點、橫兩點來表示一個字。

「每個標點符號之前的內容可轉換成一個點字，原作中就是以這種方式得知藏錢的地方……不過這段文字很明顯地與原作不同。恐怕是鹿山明先生自己想出來的。」

我也不認為這麼花功夫的東西沒有意義。兩分銅幣中央的密碼，在原作中也是「寶藏」的線索。既然如此——

「這個就是給來城女士的謎題吧?」

「恐怕是……我認為很可能就是保險箱的密碼。」

隔著茶几望著密碼的我們抬起頭相視而笑。除了我們兩人之外，沒有其他人知道這個銅幣的祕密。剩下的就是解開這篇密碼，對照點字記號，這樣應該就能夠打開保險箱了。

4

栞子小姐和我向鹿山家借了那枚兩分銅幣的複製品，急忙趕回北鎌倉。

因為幫忙看店的篠川文香打電話來哀號說：「忙死了！」都怪來城慶子的「委託」不容易，店裡的工作全都擱置了。栞子小姐鑑定大量委託書籍時，我負責把收購的書上架、交換、寄送客人郵購的書，忙得團團轉，結果一下子就到了打烊時間。

栞子小姐說她會趁著晚上慢慢解開密碼，解開後就會通知我，於是我拖著疲憊的身軀回家。

和媽媽兩人吃完飯後，我坐在客廳的窗邊開始閱讀厚厚的文庫本。這是《日本偵探小說全集2：江戶川亂步集》，創元推理文庫的書。裡頭收錄了〈兩分銅幣〉、〈押繪與旅行的男人〉、〈人間椅子〉，因此栞子小姐把書借給我。

篇幅不長，因此我能夠一口氣讀完三篇。的確很有趣——內容雖然各不相同，不過讀後感都差不多。之前我也稍微想過，這些作品每一篇都安排了「遠離現實的夢具體成真」的要素。

用來解開密碼的推理作品《兩分銅幣》開頭這樣寫到：

「真羨慕那個小偷。」當時，我們兩人已經窮困潦倒到甚至出現這樣的對話。我們住在偏僻地區寒酸木屐店的二樓，房間僅有三坪大，沒有隔間，擺著兩張一閒張（註3）破桌。事情發生在松村武和我整天無所事事，唯有天馬行空的想像力格外旺盛的時期。已經走投無路、有志難伸的我們兩人貪婪地羨慕著當時轟動社會的大盜手法之巧妙。

接著就像是要實現那個「想像」一樣，他們為了小偷隱藏的大筆金錢而鬧得人仰馬翻。登場人物果然是一群「唯有想像力格外旺盛」的人。

我攤開書，茫然沉思著。

也許不只是書中角色如此，喜歡閱讀江戶川亂步作品的人，或許都有這種素質。

一味隱瞞情婦存在與個人嗜好的鹿山明、低調生活在鎌倉房子裡的來城慶子、拋棄家人十年沒回來的篠川智惠子，以及栞子小姐這樣的人——他們如何看待現實世界呢？是不是覺得現實世界就像人造的東西，突然因為某個巧合與夢交換了呢？

晦澀不明的不安隱約留在我胸口。

我感覺到視線而抬起頭，只見原本在看電視的媽媽正轉頭看著我。

「怎麼了？」

「你拿著書沉思的樣子，和過世的外婆還真像……」

這麼說來，我經常看到外婆擺出這姿勢。她喜歡在一天結束時讀書。

「……我還以為是什麼詛咒，正覺得毛骨悚然。」

「原來不是覺得高興啊……」

「誰會高興啊，她不在了，我可樂得輕鬆呢。」

她的表情可不是這麼回事，流露出幾分寂寞。我媽媽和外婆兩人的脾氣都很硬，每次碰面就會吵架。外婆過世後，媽媽少了拌嘴的對象，只能經常把「樂得輕鬆」這句話掛在嘴上，表示她也經常想起外婆。

「你最近似乎比以前更能夠讀書了？」

「咦……」

我不自覺低頭看向手邊的文庫本。雖然有點頭暈，不過能夠一口氣讀完的頁數增加了。

「哎，每天都在舊書店工作，有這種轉變想來也合理。這樣一來，你什麼時候入贅都用不著擔心了。」

我緩緩合上書掩飾我的不耐煩。最近她偶爾會對我說這種話。我想這世界上應該沒有任何一個做兒子的喜歡母親打探自己的異性關係。

「妳在說什麼啊……不要亂猜一些有的沒的好嗎？」

註3：以竹簍糊上日本傳統和紙後再上漆製成的工藝品。

「可是你最近不是經常和店長小姐講電話嗎？」

「那只是談工作。因為地震的關係，我們有很多事情要忙，只是這樣而已。」

「哎呀，這樣啊。」

媽媽沒有繼續追問，視線又回到電視上。電視上不斷播放著震災瓦礫處理的消息。

「你可以讀書了，外婆一定會很高興……她直到過世之前都還在掛心這件事。」

媽媽背對著我喃喃地說。我一句話也說不出來。她突然變得這麼感慨萬千，我反而很難做出什麼反應。

我的手機突然響起。是栞子小姐打來的。我躲開媽媽充滿好奇心的視線來到走廊上，按下通話鍵。

「啊，晚安。密碼解開了嗎？」

另一頭一片沉默。我還以為她掛斷了，但仍有聽見呼吸聲。我走進自己的房間把燈打開。

『……密碼解不開。』

「咦……？」

『你方便聽我說嗎？』

她以虛弱的聲音說道。

我打開房間裡的電腦，看著栞子小姐寄來的圖片。似乎是她拿手機拍下自己製作的表格。

南阿陀佛	南無陀佛	陀	南無彌	南彌	阿彌陀	彌	南無陀佛	南無阿佛
ま（MA）	じ（JI）		え（E）	う（U）	？	？	し（SHI）	ひ（HI）

「HI SHI……U E JI MA？」

我只唸出有解答的部分。

『我試著轉換成點字，卻有兩處怎麼樣也解不出來。』

「這是地名嗎？什麼什麼上島之類的地方？」

『我也想過這個可能，不過找不到符合的地名。我在想該不會要搭配他自創的點字規則，而其他解出來的日文字母也可能是錯的……』

平常她一下子就能解開這種謎題，看樣子她真的很煩惱。我揉揉眉心。說到其他想法——

「有沒有可能是鹿山先生弄錯了？他也許對於點字規則不是很清楚。」

『我一開始也這麼想……但是，那間書房裡有很多點字相關資料，對吧？我剛才也打電話問過義彥先生了，聽說鹿山明先生本身也是點字學習後援團體的理事，也擁有點字翻譯經驗。』

意思也就是，他是故意這麼寫的了。我靠在從小用到現在的椅子椅背上。

『我也打過電話去來城女士家裡，不過她似乎不具備點字方面的知識……所以，這個謎題應該沒有用上太複雜的規則。我在想，也許提示就在亂步的作品裡……』

如果是這樣，問我這個門外漢也不會得到答案。畢竟我幾分鐘前才剛讀完《兩分銅幣》。

「既然這樣，是不是找熟悉這方面事情的人談談比較好？找我之外的……比方說井上先生？」

『不。』

我第一個想到的人是篠川智惠子，但是她是我們最不能求助的人。

她固執地說：

『大輔先生是最適合的人選。』

「呃，可是……」

『我不想找其他人談。總覺得每次一和大輔先生談過後，就能夠找到答案……我也不曉得為什麼，不過好像除了你以外的人都不行……』

她說最後一句話的聲音像在說悄悄話一樣細小。

我深深慶幸我們不是面對面在談話。如果她人在我的手能夠搆到的距離，我沒有自信能夠保持冷靜。我深呼吸一口氣，再度看向螢幕，決定想到什麼說什麼，陪她直到謎題解開。

「……既然這樣，會不會是採用大正時代的點字規則呢？也許與現在的規則不一樣？」

『日本的點字標記基礎確立於明治時代（一八六八～一九一二年），所以我想應該也不是。』

這個答案雖然被她乾脆否決，但我不覺得氣餒，因為我不需要找出答案，只要能夠幫助她思考就好。

「那……」

『請等一下，大輔先生？』

「是。」

『你為什麼提到大正時代？』

「……欸？」

這麼說來，為什麼呢？鹿山明製作複製品銅幣的時間是現代，與大正時代沒有關係。不過，我好像是在哪裡看到那個古老年代，應該就是今天看到的。

「對了，就是那個兩分銅幣。背面寫著大正十二年，所以……」

『咦咦？』

見她反應這麼大，我也嚇了一跳。耳邊隱約聽見金屬聲，大概是在確認那一枚銅幣吧。

『真的耶，大正十二年……可是，為什麼……啊！』

這回聽見一聲悶響，好像是她將某個沉重的東西擺在某處。如果是她房間的話，一定是書。只聽見她翻書頁的聲音，接著突然一片安靜。

「栞子小姐？」

『……我知道了。』

她開心地說：

『我想，密碼解開了。』

5

隔天抵達來城慶子家時，已經過了早上十一點。雖然一方面也是因為配合對方的時間，不過我們也一直在文現里亞古書堂裡忙到剛剛。我們一大早就開始處理昨天剩下的工作。看店的工作就交給篠川文香。栞子小姐在出發之前，姑且想要向她解釋事情的來龍去脈，不過她才說到一半就被打斷了。

「啊，嗯。我大致明白了。我大致明白這件事情妳再繼續說下去我還是聽不懂……總之就是只要打開那個房子裡的保險箱，我們就能夠收購超棒的藏書，而且還能夠看到超棒的寶藏，對吧？既然這樣，加油吧！姊姊，這也是為了我們的家計！」

她就這樣送我們出門了。昨天，因為篠川智惠子回家一趟——應該說，因為她們一起看了《旅行繪本》，因此姊妹倆再度重修舊好。

我們下車走向大門。今天的栞子小姐肩膀上背著一只大托特包，裡頭似乎裝著解釋密碼需要的東西。我還沒有聽她仔細說明怎麼解開、解開的結果是什麼。我當然也問過了，不過她只回答我：「用《兩分銅幣》的密碼解法是解不開的，但是可以從《兩分銅幣》解開。」聽得我一頭霧水。情況似乎錯綜複雜到無法只用嘴巴說明。

我看得出來她雖然拄著拐杖，腳步卻很輕盈。不只是因為即將拿到大筆收購機會而開心，還有解開密碼的滿足感，更重要的是她似乎很期待看到保險箱的內容物。《押繪與旅行的男人》如夢幻般的初稿真的存在嗎？——前往來城慶子家的路上，她也不斷地聊著這件事。她雖說並不支持母親的理論，不過她也在內心承認如果真的存在，她很想看看。

穿過大門走向房子，我們看到有人站在玄關處。一名身穿黑色連帽外套的年輕男子正在和田邊邦代說話。長相如此相似，大概因為他們是母子吧。這個人一定就是之前提到過的「和弘」了，他腳邊還有一只附有輪子的小型行李箱。他的母親注意到我們，向我們揮手，邊輕拍兒子的背部說：

「好了，你真的要小心喔，和弘。」

叫做「和弘」的男子只是點點頭，便拉著行李箱的把手走開了。經過我們身邊向我們點頭打招呼時，也沒說半句話。和他的母親不同，他的個性似乎比較沉默寡言。

「您、您好……您的兒子過來找您啊。」

琹子小姐目送他走出門外之後說。

「是啊。他正好休假，所以過來幫忙。」

「他要去旅行嗎？」

「不是的。那個箱子裡全都是瓶裝水。我提過他住在東京吧？因為商店裡不容易買到水，所以我在這裡買了許多，讓他帶回去。」

我可以理解。幾個禮拜前，新聞報導提到東京的自來水的輻射物檢測超出標準值，超市裡的礦泉水因此瞬間賣光。有些地區仍殘留著輻射的影響吧。我們這一帶相較之下受到的影響較小，所以沒有出現搶水的騷動。

「你們先進來吧，小慶在等著。」

田邊邦代說。

來城慶子還是在同樣那間起居室裡等著我們。她和平常一樣穿著寬鬆的家居洋裝。琹子小姐問她要先開保險箱，或是先說明密碼，她透過妹妹表示想要先聽聽密碼怎麼解。我也很感激她選擇先聽說明，因為我實在好奇得不得了。

坐在椅子上的栞子小姐先將兩分銅錢的複製品擺在桌上。

「您見過這個複製品嗎？似乎是鹿山明先生製作的。」

打完招呼後，她突然開始口齒伶俐地說明。大概是情緒很高昂的關係，今天開關很迅速就啟動了。

「欸，小慶，我記得妳不是有這東西嗎？」

聽到妹妹的問題，她搖搖頭，發出聲音。

「……她說書庫裡有真品，不過她沒看過這個。」

能夠做出假貨，當然一定擁有真品。栞子小姐把硬幣分成兩半，攤開寫著密碼的紙張。田邊邦代佩服地驚叫：

「這做工好精巧啊。」

「是啊。我也覺得很精巧……如同我昨天提過的，這是配合點字規則解讀的密碼，不過有一部分我怎麼樣也解不出來。」

栞子小姐從包包裡拿出一張紙。那是昨天她寄給我的密碼解讀筆記。在寫著問號的第三欄外頭寫著「拗音符」，第四欄外頭寫著「ＹＯ」，這兩個是後來填上去的。

「無法解讀的這兩個記號，如果直翻出來就是寫在欄外的文字。」

她指著手寫字一邊說。「ＹＯ」我還知道，不過「拗音符」我不知道是什麼意思。現場也沒有人發問，我只好開口：

「這個叫什麼的音符……是什麼？」

「讀作拗音符。日文裡不是有些字會加上小寫的『ＹＡ』、『ＹＵ』、『ＹＯ』嗎？例如：『ＫＹＡ』或『ＲＹＵ』……這個就是拗音。」

她舉例子動嘴唇的樣子好可愛，不過我當然什麼也沒說。

「而拗音符就是標示下一個點字記號是拗音的符號……在這裡則是指這兩個記號是拗音的『ＹＯ』。」

加上ＹＯ的拗音——我試著在心裡發音，卻發不出來。

「有這種拗音嗎？」

「沒有。所以我才會解不開密碼。」

栞子小姐說。我總算明白她昨天在煩惱什麼了。

「我一直以為是鹿山明先生弄錯拗音符的用法了，但是他十分熟悉點字規則。於是我發現……也許這個錯誤本身就是『謎題』的一部分。」

她說到這裡停住，環視我們每個人。

「其實還有一個人在將近九十年前也弄錯了拗音符的用法……鹿山明先生故意模仿那個人的錯誤設計密碼。」

她從包包裡拿出一本破爛冊子。封面上的書名寫著《新青年》。我記得這是以前的推理小說雜誌。她翻到貼著便利貼的那一頁，上面寫的「創作偵探小說：兩分銅幣」標題躍入眼中。作者名稱當然是「江戶川亂步」。

「弄錯的人是……亂步嗎？」

「是的。亂步在出道作品《兩分銅幣》中，也弄錯了密碼。」

我愣了一下。這麼說來，在看鹿山明的「報告書」時，栞子小姐曾經告訴我——他在出道作品中弄錯了某個成為解謎關鍵的文字——指的一定就是這個了。

「這本雜誌是發表《兩分銅幣》那一期的《新青年》，亂步也是自此開始以偵探作家身分出道。」

她一邊說著，一邊拿出另一本書。黃色的書封上並列著《帕諾拉馬島綺譚》、《一寸法師》、《湖畔亭事件》三個篇名。

「這本是亂步晚年出版的桃源社版全集……請看一下《兩分銅幣》的密碼，特別是拗音出現的部分。」

「……密碼不一樣。」

戰前版

陀	彌佛無	彌佛南無	陀佛阿	陀南無阿	彌	彌陀阿	陀無	陀佛南無	彌	彌陀阿	陀無	陀
濁音符	ゴ（GO）	ケ（KE）	ン（N）	チ（CHI）	拗音符	ヨ（YO）	ー（—）	シ（SHI）	拗音符	ヨ（YO）	ー（—）	濁音符

戰後版

陀	弥仏無	弥仏南無	陀仏阿	弥	弥陀無阿	陀無	弥	弥陀仏無	陀無	陀	陀仏南無
濁音符	ゴ（GO）	ケ（KE）	ン（N）	チ（CHI）	ヨ（YO）	ー（—）	シ（SHI）	ヨ（YO）	ー（—）	濁音符	ジ（JI）

「是的。最早發表時，拗音的點字記號弄錯了。直到戰後的桃源社版全集才終於更正。弄錯的地方與鹿山先生設計的密碼如出一轍……解謎的提示在這邊。」

她指著挖空的兩分銅幣一側，寫著年代的那一面。

「這裡寫著大正十二年，但事實上不可能是這個時代。」

「咦？為什麼？」

「這個兩分銅幣雖然一直流通到昭和初期（一九二六年起），但鑄造時間只有從明治六年（一八七三年）到十七年間。大正十二年（一九二三年）已經沒有鑄造。大正十二年是《兩分銅幣》在《新青年》上發表的時間……也是亂步出道的那一年。

亦即這是提示，他要我們按照大正十二年發表的《兩分銅幣》……亂步弄錯的點字規則，來解開這個密碼。密碼的『南無阿彌陀佛』特地寫成舊字體，也是在暗示這一點。」

我總算明白她所說的「可以從《兩分銅幣》解開」的意思了。亂步的原作本身就是解開密碼的線索。

好一陣子沒有半個人開口。來城慶子就這麼靠著輪椅的扶手，以彷彿在作夢的眼神等待栞子小姐繼續說下去。

「那麼，密碼的答案是……？」

栞子小姐拿出自己的筆，在自己筆記上寫的問號「？」底下寫上小「ＹＯ」。

HI S(HI) YOU E JI MA（ひしょうえじま）

「……什麼意思？」

「我也不是很清楚……來城女士，您有沒有什麼線索？」

坐在輪椅上的女性只對這個問題眨了一下眼睛，態度不曉得是知道或不知道——但是，她為什麼不回答呢？

「……總之我們先打開保險箱看看吧？先確認這個密碼對不對。」

田邊邦代說。我們目前的確還不知道這是不是正確答案。我和栞子小姐起身，打開房間角落的門。來城慶子移動輪椅來到能夠看見衣櫃深處放置保險箱的地方。

「那麼，由我代替小慶打開囉。」

委託人的妹妹在保險箱前面轉動轉盤，插入鑰匙一轉。雖然解開了三道鎖的前兩道，保險箱卻還沒有任何反應。

然後她看著解開密碼的筆記，一邊依序按下密碼按鍵。

「……」

在我身旁的栞子小姐以拐杖支撐著體重，彎腰向前，鏡片後頭又大又亮的黑眼珠炯炯有神，彷彿不願意錯過等一下要發生的事。我也不自覺地緊握雙手。

按下最後的按鍵那瞬間，保險箱內側傳出喀嚓的聲響。厚實的金屬門發出微弱的吱嘎聲緩緩打開。

裡頭出現了木製的內門。打開木門後，只見架上擺著一疊對折的老舊紙張。保險箱裡頭的物品只有這樣。

田邊邦代將那疊紙拿出來，交到自己姊姊的手中。我們圍到了輪椅四周。擺在來城慶子腿上那疊紙的背面朝上，清楚留著曾經撕破後，底下再以其他紙張修補的痕跡。

她以顫抖的手打開那疊紙。那是疊份量十足的稿紙，上面填滿了以鋼筆書寫的潦草文字。

不過，篇名和作者名稱還是清晰可辨。

〈押繪與旅行的女人〉　江戶川亂步

來城慶子原本以飄渺的眼神看著稿紙，突然緊緊抱住稿紙，低著頭動也不動。

6

「……篇名不一樣呢。」

我小聲對栞子小姐說。或許是主角在火車上遇見的「男人」變成了「女人」。女人帶著跑進畫中的男人的畫旅行，這樣的情節也挺吸引人。

因為栞子小姐沒有回答，我偷看她的反應。只見她沉默地愣然呆立著。她曾說不可能存在的初稿出現了，所以才會這麼驚訝吧。

「……我們讓小慶自己獨處一會兒吧？」

田邊邦代在我們耳邊小聲說。的確，她終於見到不惜賣掉其他藏書也要拿到的戀人的遺物。

我沒有異議，不過──

「栞子小姐，我們出去吧？」

我戳戳她的手臂說。她這才終於回過神來。

「咦？嗯，也是……等一下也可以讓我看看嗎？」

後半句是對著來城慶子說。等到對方點頭後，栞子小姐才離開房間，我也跟在她身後來到走廊上。

「好了，小慶……妳慢慢來。」

妹妹說完，關上起居室的拉門。我們就這樣跟著她前往位在別館的書庫。迎接我們的仍舊是那些偵探小說收藏。

「謝謝你們為了小慶做了這麼多。按照我們說好的，這裡的書就賣給你們了，請慢慢看。」

「不會……要道謝的是我們。」

栞子小姐終於露出微笑，低頭鞠躬——或許是我看錯了，總覺得她的表情有些得意。也許是因為她在母親出現之前，就靠自己的力量解決了這項委託，所以感到很滿足吧。

起居室裡突然傳來尖銳的電話鈴聲，田邊邦代不悅地蹙眉。

「特地讓她一個人靜一靜的……對不起，我稍微去一下。」

她匆匆忙忙走出走廊，背著手關上別館的門。書庫裡只剩下我們兩人。

「書的排列方式與上次看到時一樣，沒有少哪本書或雜誌，看起來好像完全沒人整理……」

栞子小姐轉了一圈環視書櫃，一邊說。我也跟著模仿她的動作，不過腦子裡在想的事與舊書完全無關。這樣一來，這次的事情已經差不多解決了。我和她還有個約會要履行。

「……下次休假，想去哪裡呢？」

書庫裡還是一樣安靜。她轉向一旁沉默不語。我覺得自己的問題彷彿被沙子吸進去了。

「我說……」

「大輔先生，那個。」

她打斷我的話，指著入口附近的書架。也許是舊書收拾得很匆忙的關係，每一層排列的書本數量完全不同。在塞得滿滿、毫無縫隙的那一層裡，可以看見那本我上次拿出來的《江川蘭子》書背。她伸手指的方向就是那附近。

「《江川蘭子》怎麼了嗎？」

「不是，不是那個……旁邊的……」

「《空中紳士》嗎？還是……《殺人迷路》？」

我瞇起眼睛唸出兩邊的書名。栞子小姐的臉色不曉得什麼時候變得鐵青。

她突然改變方向走近其中一個書架，抽出一本書放在我手上。那是《創作偵探小說選集　第三輯》。相當老舊的書，沒有書封，也沒有包上石蠟紙，書況不是太好。

「你拿著這本書跟我來！」

她打開別館的門來到走廊上。雖然拄著拐杖，但是她的步伐很穩定——說來奇怪，不過這種時候我才真切感受到她的腳真的康復了。

她在起居室前停下腳步，毫不猶豫地打開拉門。我還來不及開口問她「這樣好嗎？」坐在窗邊輪椅上的來城慶子驚訝地轉過頭來。

電話已經講完了嗎？到處都沒看到妹妹的身影。圓桌上丟著剛才沒有的東西——田邊邦代原本穿著的荷葉邊外套，以及一支廉價手機。

栞子小姐拿起櫃子上的便條紙和筆，塞進來城慶子的雙手裡。

「我只問妳一個問題。」

她壓低聲音說：

「這個房子的斷路器……或者說總電源開關，哪個都可以，在哪裡？」

我愣住了。斷路器？什麼意思？但是，拿著筆和便條紙的來城慶子的手開始微微顫抖，最後紙和筆都掉在腿上。這麼說來，剛剛才從保險箱裡拿出來的稿紙不在這房間的任何地方。到哪裡去了？

「謝謝。大輔先生……我們走吧。不好意思，可以幫我拿包包嗎？」

「好是好……不過，我們要去哪裡？」

「車站。也許還來得及。」

通往鶴岡八幡宮的縣道不只車道壅塞，連人行道也很擁擠。畢竟現在是春季百花盛開的週末。我們急急忙忙快步前進，與前往源瀨朝墳墓的觀光客團體擦身而過。

「為什麼要去車站？」

我問走在前面的栞子小姐。

「因為也許有機會追上……拿走稿子的人。」

她的呼吸已經開始紊亂。速度雖然和沒用拐杖的人差不多，但還是很難走太久。

「妳說要追上的人，是指田邊女士嗎？」

我想不到還有什麼其他人選。那間房子裡沒看見她的蹤影。但是，得到的回答卻出乎我意料之外。

「……不是田邊女士。等一下再詳細解釋。」

究竟是誰？我知道她累了，可是還有一個問題我非問不可。

「妳剛才的問題是什麼意思？斷電器？斷電器那個。」

「不是斷電器也沒關係……我只是想確認她在那棟房子裡住多久了。」

結果我還是不懂到底是什麼意思。

看見八幡宮的紅色鳥居了。數也數不盡的櫻色花瓣乘著海風，穿過鳥居。我們來到若宮大路的十字路口上，栞子小姐指著延伸往八幡宮的參拜道路——段葛的前方。

「……找、到了……在那邊……前面……」

意思是要我先過去攔下對方嗎？正好紅綠燈變成綠燈，我穿過斑馬線，穿梭在觀光客之間，跑上高出一階的參拜道路。每次風一吹，櫻花盛開的林蔭道就會沙沙作響。

段葛到處都有樓梯可通往左右馬路。在距離十字路口最近的樓梯前，有個熟面孔站石燈籠旁。是那位穿著黑色連帽上衣的年輕男子。

（和弘嗎？）

照理說他剛才應該回東京了，還在這種地方做什麼？難道栞子小姐說的人是他？

仔細一看，石燈籠的陰暗處還有另一個人。那個人肩上背著一只大皮包，身上穿著剪裁精良的外套和裙子。她從行李箱中拿出帽子戴上，正要拉上拉鍊。

打扮雖然與方才完全不同，不過那張臉就是田邊邦代。行李箱擺在她的腳邊，很顯然她打算接下來要去旅行。

（與兒子碰面拿回行李嗎？）

原來瓶裝水的事情是撒謊。

剛才正好有人打電話來，一定也是某人為了讓她偷偷離開那個房子所安排的技倆。我想起擺在起居室桌上的手機。也許打電話的人就是當時在那個房間裡的來城慶子也說不定。

可是，到底為什麼要這麼做？

正好此時栞子小姐趕了過來。我代替氣喘吁吁的她出聲說道：

「田邊——」

一開始轉過頭的只有兒子。

「……啊。」

他有些困惑地點了點頭。這麼說來，這位「和弘」也姓田邊。他的臉上寫著：你們為什麼在這裡？

「……你好。」

我也打招呼。我還在考慮該從哪個部分問起，田邊邦代已經拍拍兒子的肩膀。

「和弘，可以了。謝謝你幫我拿行李……之後的事情就拜託你了。你們兩個好好保重喔。」

和弘輕輕點頭，稍微遲疑了一下，對著她說：

「阿姨，妳也要保重。」

他也對我們致意後，小跑步穿過車道，朝八幡宮的方向走去。他似乎不是要往車站，而是要回雪之下的房子。

（……阿姨？）

我的腦袋一團亂。我沒有聽錯。剛才那個人的確叫她阿姨，而不是媽。也就是說，該不會——

「來城慶子女士。」

栞子小姐總算開口。她仍在喘氣。

「能不能找個地方……稍微聊聊呢？」

「……也好。」

直到剛才我們稱為田邊邦代的女士——來城慶子點點頭。

「去小町通的咖啡廳好嗎?不過這個時候,店裡也許很多人。」

7

我們照著來城慶子的提議,進入小町通底端的老咖啡廳。店裡雖然人很多,不過還沒有客滿,我們很快就被領到能夠看見中庭的位子前。

「我以前偶爾會和明先生一塊兒來這裡……這家店很久了。」

點完餐後,來城慶子說。她的聲音偏低,有點沙啞。這才是她真正的聲音吧。不只是服裝,外貌和冷靜沉著的說話方式,完全就像是另一個人。

「坐輪椅的女性是您的妹妹吧?」

栞子小姐問。

「對。她才是真正的田邊邦代。我們倆姊妹互換身分,連髮型和服裝也改變了。」

「……她的病或傷呢?」

「那些都是真的。提到對方的情況時，我們說的幾乎都是真實情況。因為這樣演起來比較輕鬆……妹妹拚命工作讓孩子念到大學，等到孩子一獨立就生病了。這件事情發生在半年前，我當時在宮城住了一小段時間照顧她。」

我想起鹿山義彥的話——律師上門拜訪來城慶子，她都不在。原來不是因為自己住院，而是去照顧生病的親人。聽說雙親都過世的姊妹兩人，沒有其他親戚。

「好不容易出院了，這回卻遇上大地震而受傷……於是我開始在自己家裡照顧她。她的身體那個狀況，對於這次的事情卻一句話也沒問，全力幫助我。她從以前就很可靠。」

她望著遠方的眼神和那位坐輪椅的女士很相似。不對，也許是那位女士模仿這個人也說不定。也就是說她開始在鎌倉生活還不到一個月。我明白栞子小姐剛才問斷電器位置的理由了。如果真的在那棟房子裡住過幾十年的話，當然會知道斷電器在哪裡。

「可是妳為什麼會發現？我們兩個一直覺得自己裝得有模有樣呢。」

「剛開始我沒有懷疑……不過，我們第一次碰面那天，一進入那個起居室時，我就覺得有些不對勁。」

來城慶子睜大了雙眼，在旁邊聆聽的我也一樣驚訝。這些事情我第一次聽到。

「這麼早就發現了？為什麼？」

「您匆忙收拾擺在桌上的《孤島之鬼》初版書和蕾絲編織工具後，曾經把書遞給另一位女士。我不知道您為什麼要那樣做。」

「什麼意思？」

「那張桌子空了一張椅子的空位，亦即那是固定容納輪椅的空間。如果原本在那兒看書的人把書擺在桌上，暫時離開座位……只要回到同樣位子上的話，書應該仍然擺在她面前的桌上才對，沒有必要多個人特地拿給她。」

「……妳說得沒錯。」

來城慶子想起當時的情況，點點頭。

「坐在另一張椅子上看書的人是我。妹妹當時原本在編織蕾絲。因為她沒有其他事情可做，所以會自己編各式各樣的東西……像是電話罩子等等。還有呢？」

「再來就是提到關於地震的事情時。」

栞子小姐流暢地繼續說：

「另一位女士說過『我那時很害怕，靜悄悄的家裡只有自己一個人』。可是那棟房子裡的電話是轉盤式的舊型黑色電話。那種電話只靠電話線供應的電力就足以通話，停電時，電話依然會響才對……妹妹和外甥曾經打過好幾通電話給您，確認您是否平安，她卻完全沒有提到這件事，我覺得不太自然。

現在想想，她說的那句話應該是指待在宮城縣的時候自己的經歷。而來城女士您則是用那個黑色電話聯絡上人在東京的外甥，他才騎著摩托車趕回老家救出母親……我沒說錯吧？」

來城慶子微笑。

「大致上都對了。我家也有書櫃倒下，不過我沒有被壓在底下……雖然差一點就壓到了。」

我專心聽著栞子小姐的說明。我們明明見到、聽到同樣的內容，為什麼我卻全都沒有注意到。這個人的洞察力總是讓我很驚訝。

「仔細想想，與這次事件有關的所有人，幾乎沒有一位從以前就和您認識了。唯一的例外就是一人書房的井上先生，不過您們直接碰面已經是很久以前的事了。可以互換身分的所有條件萬事具備。

最關鍵的破綻則是《江川蘭子》。我也是直到剛剛才注意到……您把書放回書架上，卻不是放回大輔先生抽出來的地方，而是《空中紳士》和《殺人迷路》之間。我認為那絕不是巧合。」

「以前就是那樣排列的，所以我下意識間，不自覺就那樣放了。」

「請問……這是什麼意思？」

我跟不上對話內容，只好戰戰兢兢地開口問。

「《江川蘭子》、《空中紳士》、《殺人迷路》……這三本都是亂步和其他作家合作的小說。不熟悉舊書的人特地把書收進那個位置，很不自然吧？畢竟書架上有的是其他空位。」

栞子小姐為我解釋道。這麼說來，井上也曾提到那三本書，他說過是篠川智惠子將那三本合作小說的初版書賣給了鹿山明先生。

「可是，我差點把《江川蘭子》掉在地上時，妳完全沒有反應。所以我一直以為妳完全不懂舊書。」

我對來城慶子說。結果，她眼中的笑意突然消失。

「我在防著你。」

「什麼？」

我不禁懷疑自己的耳朵。我完全不曾想過有人這樣看待我。

「你是和這位篠川小姐一起行動的人啊，所以我一直懷疑你的任務或許就是故意裝作對舊書一無所知，好讓我們鬆懈……即使是現在，我仍然覺得有這種可能。」

「為、為什麼會有這種誤會……」

「一開始我去文現里亞古書堂的時候，你不是曾經特地打開窗簾想要確認我的長相？」

「咦？」

這麼說來，我的確那樣做了。我想看看走過店門前的這個人長什麼模樣。因為我很好奇是什麼樣的人前來委託工作。

「我沒有其他太深的意思，純粹只是好奇罷了。」

「可是我很懷疑。一看到你拿著《江川蘭子》，我就確定自己沒想錯。一個門外漢會正好拿到最貴的亂步初版書，怎麼想都不自然吧？所以你差點讓書掉在地上時，我也努力克制自己別大叫。」

「那只是巧合。」

我苦澀地說。當時只覺得這書名很像是把「江戶川亂步」變成女孩子的名字罷了，沒多想就順手拿了出來，根本沒有太深的涵義。

「我們現在沒有必要撒謊，我可以向您保證……大輔先生真的對舊書毫無概念。他真的是個門外漢。」

栞子小姐開口幫腔。我雖然知道她是在替我辯護，不過聽到這番話還是讓我心情很複雜。但是，來城慶子看來姑且接受了。

「……不過，也就是因為這位門外漢碰巧拿到那本書，才讓篠川小姐注意到我的真正身分，對吧。也有些事情就是因為你是個門外漢才能夠看得見。」

我停住原本正要拿起水杯的手，總覺得她這番話深深打動了我。真的是這樣嗎？——我認為至少到目前為止還沒有發生就是了。

此時飲料送了上來，談話到此中斷。三人份的咖啡一一擺到桌面上。

「鹿山明先生的報告書，是早就打算交給我們才做的嗎？」

栞子小姐提出另一個問題。來城慶子把杯子拿到嘴邊，似乎在爭取空檔。

「那是妹妹根據我所說的話自己做的。為了記誦。」

「記誦？」

「我們要扮演彼此，妹妹要記的事情很多。關於鹿山家、關於江戶川亂步……她以我所說的內容為基礎整理成方便記憶的文章。她做得很好，所以我認為與其開口說得丟三落四，不如直接把那張給你們比較快。很有用，對吧？」

我們點頭。怪不得那個報告書的敘述缺乏情緒——畢竟鹿山明對於撰寫的人來說不具重要性，那些內容只是為了記憶而收集的「資訊」罷了。

「妹妹演得不錯，只要遇到跟不上的地方或難以回答的問題，我就會幫忙接口。我以問她問題的方式暗示妹妹該搖頭或點頭。你們知道我們怎麼做的嗎？」

她的語氣聽來有些得意。栞子小姐握著手抵著唇，想了一會兒後開口：

「……該不會是對妳問的問題基本上都點頭……只有聽到『我記得』三個字的時候搖頭？」

來城慶子笑著點頭。

「沒錯……你們果然很優秀。就算是知道我們存在的鹿山家人，甚至是井上先生也完全沒發現。」

被說中了，卻沒見她露出不甘心的表情。她也許很享受談論那段過程吧。

此時陽光突然消失，我們看向綠意盎然的中庭。只是天色稍微變暗了，但店裡的氣氛似乎也跟著改變了。

「如此大費周章的撒謊，只是為了打開保險箱嗎？」

栞子小姐望著窗外說。

「當然。」

來城慶子的語氣變得強烈。

「明先生過世後，我一直很想拿出保險箱裡頭的東西……而且也想知道密碼。可是，鹿山家的人不肯幫忙。那也是理所當然，所以我原本就打算花時間慢慢耗。沒想到……」

「……發生地震，是嗎？」

栞子小姐靜靜地接下去說。

我的腦海裡突然想起與這座中庭類似的景色。第一次去這個人家裡時，我們曾經一邊說話，一邊從書庫眺望庭院。

（人類不曉得明天會怎麼，現在想做的事情如果不快點做，只會徒留後悔。）

那是她見到自己親人受傷、生病的樣子後做出的決定吧。

「是的。所以我利用了我妹妹。只要被那種身體狀況的人一拜託，我想鹿山家的人也很難拒絕……事實上也的確如此，只是我沒想到密碼和鑰匙真的不在兒子義彥先生手上。」

她說完笑了笑。

（……只是這樣嗎？）

我不禁懷疑這場互換身分的把戲應該還有其他原因。聽說亂步的小說裡經常出現偽裝成其他人的橋段。來城慶子是不是也有想要模仿亂步小說的欲望呢？就像鹿山明很「享受」不同的自己一樣。

「我母親早就發現了嗎……您們兩位的真實身分。」

大概是對於母親的行動感到不安，栞子小姐戰戰兢兢地問。

「也許有注意到些什麼，不過她沒說。她只說：『如果妳願意出售藏書也很好，不過，妳有沒有打算出售保險箱裡頭的東西呢？』」

我的背後感到一陣涼意。她的目標真的是保險箱裡頭的東西——故意給我們提示，或許也是為了得到寶物的安排。

「您準備帶著稿子去旅行嗎？」

聽到這問題，來城慶子點點頭，視線落在自己手邊；一樣是那個彷彿焦距有些對不上似的飄渺眼神。

「明先生為我實現了我的願望。所以為了祭奠他，我準備去不同地方走走……就像《押繪與旅行的男人》一樣。雖然暫時不會回來，不過藏書的收購就委託你們了。我將那些書和房子都交給妹妹和外甥管理，之後你們再和他們聯絡。」

她一邊這麼說著，一邊從皮革包裡拿出透明塑膠文件夾擺在桌上。裡頭擺著那疊稿子。

「來城女士的願望是什麼呢？」

琹子小姐只瞥了一眼文件夾，完全沒打算觸碰的樣子。她明明那麼想要知道保險箱的內容物是什麼，還說了如果是亂步的夢幻原稿，請務必讓她讀一讀。這麼說來，我記得她從保險箱打開後，態度就變了。

「妳應該已經知道了吧？」

「是的，大致上……包括這疊原稿的祕密。」

「咦？祕密？」

我凝視著琹子小姐沉著的側臉——沒想到她突然轉向我，我差點忍不住往後仰。

「大輔先生，《創作偵探小說選集》你帶著嗎？」

「啊，是的。」

我打開琹子小姐交給我拿著的包包。她交給我的那本書也裝在包包裡一起帶了過來。我將那本開始褪色的《創作偵探小說選集　第三輯》交給她。

「不好意思，我從書庫借了出來。」

「沒關係……反正已經確定賣給你們了。不過估價時也要把這本算進去喔。」

「當然。」

一邊繼續說話，栞子小姐翻開那本書的第一頁，出現「廢話」的篇名。一絲隱約的舊書紙張氣味與咖啡香氣混合在一起。

來城慶子露出意味深長的笑容。不明白意思的人只有我一個。栞子小姐開始為我說明。

「這本是昭和三年初（一九二八年）出版的作品。文中的『本年度』指的是前一年的昭和二年。」

我看了看開頭處的內容。

本年度我一個字也沒寫，因此沒有作品能夠刊登在這本選集中。以我自身來說，我原本也沒有打算交出什麼稿子，但是編輯怕我會因此覺得孤單，所以建議我寫寫序文。

我可以深深感覺到他的百般無奈。昭和二年這個年分我有印象，應該是——

「也就是寫出《押繪與旅行的男人》初稿那一年嗎？」

「是的。當然這篇序文是寫在昭和四年重寫的《押繪與旅行的男人》之前。如同這裡所說，昭和二年亂步沒有發表作品，而是到處流浪……請看後半段這裡。」

她翻開書頁，指著序文最後的內容。

比方說，《火繩槍》、《沒有嘴唇的臉》、《押繪與旅行的男人》。最後的《押繪與旅行的男人》是這次前往京都旅行時所作的妄想，大半內容在宇治的百花園裡花一夜時間寫完，然後丟進名古屋大須酒店的廁所裡……

「咦？這也就是說……」

我在腦中整理這段內容。上面清楚寫著「丟進廁所的」作品名稱是「押繪與旅行的男人」，而這毫無疑問就是指初稿。篇名和《押繪與旅行的女人》不一樣——

「亂步沒有理由偽造已經丟進廁所裡的作品名稱，所以初稿並非《押繪與旅行的女人》。也就是說……」

栞子小姐以指尖輕輕敲了敲收納稿紙的塑膠文件夾。

「這是假的……是鹿山明先生自己寫的作品，對吧？」

沉默持續了一會兒，店裡的喧鬧聲變得很大聲。

來城慶子不發一語地打開文件夾，取出稿子。在我眼裡看來這份稿子相當陳舊，角落捲曲，還有小小的墨漬和變色。

「真的是假的嗎？」

我問。來城慶子點頭。

「明先生說他特別訂製了稿紙，參考亂步親筆寫的原稿，連設計、髒汙等也仔細重現，要我好好期待成品……這的確做得很逼真。」

看他到目前為止所做的東西就知道鹿山明的個性十分講究。也不難了解他一定花了很長的時間準備。

「你們看這邊。」

她翻開第一張稿紙，讓我們看看背面。角落用與正面同樣顏色的墨水寫著「作　江島日生」的小字。這是製作者的名字吧。

「江島（E JI MA）……日生（HI SYOU）？」

我在嘴裡反覆念著——HI SYOU E JI MA。就是那個保險箱的密碼。

「這是鹿山明先生的筆名嗎？」

栞子小姐問來城慶子。

「我想是的。也許他立志成為小說家時曾經用過。」

「……您沒有問過他本人嗎？」

「是的。他沒有告訴我太多。他說自己缺乏這方面的才能，所以決定捨棄這條路。年輕時寫的作品也全部燒掉了……所以，這是他所留下的唯一一部小說。只是為了實現我的願望，所以他特地為了我再次提筆。」

我感覺好像撥雲見日一般，許多事情都能看清楚了。把自己為了戀人而寫的小說鎖進保險箱裡，以沒有任何人知道的、自己的筆名當作密碼，做好安排讓戀人在自己死後打開——他雖然在奇怪的地方花了許多心思，不過主要就是準備了一份獻給戀人的禮物而已。

安排了重重機關，大概只是不希望自己的小說被受贈者之外的人看到吧。這的確是世界上獨一無二的作品，但對於這位女士以外的人來說沒有價值，就像那枚兩分銅幣複製品一樣。

「所以來城女士的願望是……？」

我說。這個答案我還沒聽到。她有些難為情地低下頭，交握起雙手。

「上了年紀後，有時人們反而會出現很幼稚的想法。也許是因為愈來愈常想起過去的事了……這幾年我一直希望自己能夠進入亂步作品的世界。就像進入畫中的男人一樣……我知道這個夢想很愚蠢，也對明先生提過。」

（塵世是一場夢，夜裡的夢才是現實，嗎？）

聽到她這麼說，鹿山明絕對不會笑她吧。他甚至花了許多時間慢慢準備，只為了完美地實現她的願望。

一切都要怪準備尚未完成，情況才會變得這麼複雜，不過鹿山明留下的東西，現在就在來城慶子手上。

「這部小說大概是以我為主角寫的故事。我打算和《押繪》一樣帶著它，一邊旅行一邊慢慢閱讀……以第一個，也是最後一個讀者的身分。」

她一邊說著，一邊緩緩以手指撫過江島日生的署名。

「我很想聽聽他多談談這部小說……就連這個奇怪筆名的意義，我也已經無法向他確認了。」

「……來城女士。」

栞子小姐的聲音突然變得低沉、沉重。這是她談正事時的習慣。

「鹿山明先生第一部閱讀的亂步作品，是《大金塊》嗎？」

來城慶子一瞬間有些倉皇失措。

「……沒錯，但是妳聽誰說的？他很少提到自己小時候的事情。」

「我的母親似乎曾經聽鹿山先生提過。他說十一歲時第一次閱讀的、寫給青少年看的亂步作品是他的起點。昭和三年（一九二八年）出生的鹿山先生十一歲時……也就是昭和十四年（一九三九年）《少年俱樂部》上連載的《大金塊》了。」

這麼說來，來城慶子的確說過鹿山明第一次讀到亂步的作品是在雜誌上。她只是綜合了各種聽來的訊息就能夠導出這個答案嗎？

「《大金塊》描述一場圍繞寶藏與標示它下落的密碼所展開的爭奪戰。明智小五郎與小林少年在故事中表現活躍，不過怪人二十面相和少年偵探團沒有出現。也因此知名度似乎不太高……」

「或許吧。不過，他的確經常說那篇是他的起點。他提過那篇雖然是寫給小孩看的冒險小說，但那是他第一次閱讀具備推理要素的小說。所以即使讀過其他作品，也難以忘懷。」

一人書房的井上也說過類似的話——《少年偵探團》系列是他接觸推理小說的初次經驗。也許每個世代都有這樣的人們存在。

「《大金塊》的主角名字，您還記得嗎？密碼持有者的兒子名叫宮瀨不二夫……」

來城慶子沒有反應。是因為想不起來嗎？

「他與當時的鹿山先生同輩，也是同樣住在西式豪宅的富裕少年。在他心中一定把自己和主角重疊在一起而感到激動不已吧。」

栞子小姐從托特包裡拿出紙和筆，當著來城慶子的面寫下：

miyase hujio（宮瀨 不二夫）

ejima hisyou（江島 日生）

看了一會兒後，我也明白意思了。這是重組字。來城慶子忍不住噗哧笑了出來。

「真像個孩子。」

她哽咽地笑完，將手帕抵在眼睛上。

8

目送來城慶子消失在鎌倉車站的票口後，我們轉身走出去。為了和她妹妹及外甥討論收購藏書的事宜，我們必須回來城慶子家一趟。包括藏書在內，整間房子似乎都交給他們兩人負責了。

穿過公車站，走向若宮大路。剛才我看見櫻花很漂亮，原本打算一邊賞花一邊回去。光是這樣我就覺得我們像在約會了。

我們走過聳立在大馬路上的二之鳥居前側的斑馬線。這座鳥居就是通往八幡宮的段葛的入口。觀光客比剛才更多了。他們大概和我們一樣，是為了看盛開的櫻花。

「真美……」

栞子小姐在鳥居正下方停下腳步說。從海上吹來的風將她的黑髮吹得像旗子般飄揚。也許是這條路直通海邊的關係，總覺得風特別強勁。在空中飛舞的無數花瓣幾乎要遮住視線。

不曉得是花的關係或是還有其他原因，我們始終沒注意到黑外套女子從正面走近。直到聽見她出聲喊我們時，她人已經站在我們面前。

「……你們去過車站了？」

篠川智惠子說。栞子小姐的表情突然變得很嚴肅。這麼說來，正午早就過了。她何時出現也不奇怪。

「妳去過來城女士家了嗎？」

我問。

「去過了。只剩下空蕩蕩的保險箱和妹妹……真可惜。」

但是她的表情看不出遺憾。她的視線始終沒有離開女兒身上反而教人不舒服。

「保險箱裡的不是亂步親筆寫的原稿。妳的猜測完全錯誤……來城女士的藏書也將由我們收購了。」

栞子小姐的語氣充滿挑釁。我難得見到她這樣。

「真的不是《押繪與旅行的男人》的初稿？我有點無法相信呢……裡頭到底放了什麼？」

「既然這樣我就告訴妳吧。」

她以充滿敵意的態度開始說明整件事情的經過。雖然這事也沒必要隱瞞，不過我心裡對於她這麼容易就全盤托出，感到很驚訝——我不由得想她是被套出話來的。

她一口氣說到我們送來城慶子到達鎌倉車站為止，篠川智惠子輕輕地眨了眨太陽眼鏡底下的眼睛。

「……這樣就結束了？」

「是的。我跟妳再也沒話好說了。我們走吧，大輔先生。」

栞子小姐拄著拐杖邁開步伐，我也跟上她。穿著外套的女子凝視著正要經過自己的女兒。

「這擔子對於栞子來說，果然太重了。」

她相當遺憾地說，栞子小姐轉身。兩人的距離比剛才更近了。

「這話是什麼意思？」

「我認為來城女士這人不容易對付。她雖然不是壞人，但會為了重要的東西不擇手段……」

她突然微笑，手指來回指著自己和女兒。

「簡直就和我們一樣。」

我感到毛骨悚然。過去，栞子小姐為了守住重要的太宰治初版書，曾經騙過了身邊所有人。當然，那件事情沒有公開。包括初版書還在的事情都只有我一個人知道。

「廢話少說。妳想說什麼快點說。」

她冷冷說完，篠川智惠子對著她豎起食指。和女兒解謎時的動作一模一樣。

「為什麼保險箱裡只擺著鹿山先生偽造的原稿，妳想過嗎？」

「因為對於他們來說那是最重要的東西吧，又沒有什麼了不……」

「鹿山先生為了實現來城女士的願望而偽造原稿，大不了也是這幾年的事。可是，那個保險箱裡從很久以前就一直擺著一樣貴重物品。那個東西去哪兒了？」

栞子小姐似乎被說中了痛處。這麼說來，來城慶子說過自己想要進入亂步的作品世界是「上了年紀」之後的事。但是，鹿山明恐怕在更早之前就已經告訴過一人書房的井上先生，保險箱中擺著貴重物品。可是保險箱裡到處都找不到有那樣的東西。

「來城女士有把所有原稿給妳看過嗎？頂多只有一兩頁，對吧？我說錯了嗎？」

栞子小姐的肩膀顫抖，沒有回答。全都被說中了。我們沒想到要一頁頁仔細確認故人只為戀人而寫的小說——如果這就是盲點的話。

「……所以妳要說什麼？」

栞子小姐呻吟般地說。她母親向前走出一步，露出包容的溫柔微笑，連在一旁看的我都被吸引了。

「妳已經知道了吧？那份稿子確實是鹿山先生寫給戀人的小說……但是，不一定從頭到尾都是自己的文章。他從父親那兒繼承的《押繪與旅行的男人》初稿可能只有片段……然後以補寫的方式補上欠缺的部分，寫完那部小說。比起單純偽造夢幻原稿，這種方式也更符合來城女士的心願，不是嗎？」

「這只是假設……」

「難道妳能想出可能性更高、更有魅力的假設嗎？」

栞子小姐似乎再也無法反駁。我突然想到——篠川智惠子所說的一切會不會只是單純的推理，目的是讓眼前的對手上鉤？

篠川智惠子對著女兒伸出一隻手。看不出上了年紀的漂亮指尖像刀刃般伸得筆直。

「走吧，栞子。」

「……咦？」

「我們去追來城女士。現在去還來得及。我們請她讓我們看看原稿。即使只是一部分，能夠看到還沒有人看過、成熟期的亂步不曾發表過的原稿。妳不覺得興奮嗎？」

血色又回到了栞子小姐臉上。她一定是想像了自己閱讀原稿的樣子。她的唇邊甚至隱約帶著笑意。

但是，她搖搖頭像是要甩開自己的想像。

「我還要顧店。再說，和妳去旅行……」

「書店關門幾天也沒關係，只是去旅行幾天而已。剛才我打過電話給文香了，她說如果我們能夠重修舊好，她支持我們去旅行，而且很樂意幫忙顧店……」

「我一點也不想和妳重修舊好！」

栞子小姐尖叫，聲音大到連周圍的觀光客都回頭一探究竟。我也許是第一次見到她出現這麼大的反應。

「好，我們很難重修舊好……畢竟我這十年來放著妳不管。」

即使如此，篠川智惠子還是不收手。她以幾乎可以滲入耳朵深處的柔和聲調接著說：

「妳要恨我也沒關係。可是，我們一起去吧，栞子。類似像《押繪》初稿這樣珍貴的知識，無論多少我都願意說給妳聽……這十年來，我也見識過了許許多多。這世界上有的是妳不知道的東西。妳也很感興趣吧？」

她雖然沒有回答，眼神卻傳達出有興趣。能夠和知識超越自己的人心滿意足地聊書，她不可能沒有受到吸引。

出乎意料的對話發展讓我怔在原地。或許是因為篠川智惠子的每一句話都很有說服力吧。

突然，黑壓壓的不安逐漸在我的胸口漫開。

如果栞子小姐就這樣跟著母親走的話，恐怕不只是旅行幾天而已。也許是一個禮拜，也許是一個月，也許她再也不會回到文現里亞古書堂了。

「走吧！栞子，已經沒時間了。」

受那個突然變得犀利的聲音所吸引，栞子小姐緩緩抬起沒有握著拐杖的手。眼神飄渺，簡直像在作夢一樣。

（塵世是一場夢，夜裡的夢才是現實）

亂步那句話像閃電一樣掠過我腦海。我直覺認為不能讓她走。

「栞子小姐！」

我不禁喊出她的名字，她的手顫了一下，停住了。但是我不曉得接下來該說什麼。栞子小姐看了正在苦惱的我一眼。

光芒再度回到眼鏡後頭的雙眼中。她又是平常的她了。

「我還是不能去。」

「為什麼？有什麼事情比看《押繪》初稿更重要嗎？」

「……有。」

想了好一會兒後，她靜靜地回答。到底是什麼？我不解地偏著頭，栞子小姐突然轉過頭來。

「因為我下一個休假日要和大輔先生約會。」

9

我不太清楚她只是為了要守信用，或是真的認為和我約會很重要，而且她也想了好一陣子才回答。

不過，下一個休假日，我和栞子小姐的確去約會了。因為她說沒有特別想去的地方——她似乎一直很煩惱，不曉得約會具體來說到底要做什麼，所以我們決定去橫濱港都未來區附近走走。那裡原本就是老港口，所以觀光景點眾多，也不用擔心吃飯沒地方去。

她難得穿著長度不到膝蓋的碎花洋裝和開襟毛衣外套，頭髮綁的位置稍高，露出後頸，化妝也比平常更講究。我鼓起勇氣稱讚她漂亮，她卻老實過了頭地說是從小一起長大的小琉幫她弄的。順帶一提，她仍然戴著平常那副眼鏡。

為了避免增加腳不好的她的負擔，我們隨處走走，偶爾休息，不過無論我們去哪裡，話題還是不脫這次委託的相關人等的消息，以及江戶川亂步的舊書。

我們不知道現在來城慶子在哪裡。直到傷勢復原之前，田邊邦代都會和兒子一起住在那棟房子裡。依照約定，藏書全部由文現里亞古書堂收購，那些書現在正堆在倉庫中。栞子小姐說，一半要拿去舊書交換會展售，剩下的則擺在店鋪和郵購通路慢慢賣。

至於一人書房的井上和鹿山直美怎麼了，我們也不清楚。只知道她現在仍在那家書店工作。我只能祈禱他們兩人進展順利。

後來，我聽栞子小姐說了許多關於《少年偵探團》系列的事。戰前寫好的作品到了戰後被怎樣改寫的內容尤其有趣，不過她當然沒有連續說十個小時——嗯，頂多兩個小時左右吧。

我們在平價義大利餐廳吃過晚餐後，她說想要搭摩天輪。同樣是巨型時鐘的那座大型摩天輪是港都未來區的地標。但是，我們過去一瞧，發現那裡因為地震的影響，所以夜間不開放。

時間已經很晚了，於是我們決定稍微走一下就回家。走過步道，走向JR的櫻木町車站。這一段路是利用廢棄的舊鐵路幹道改建，因此地面上還能夠看到鐵軌。或許是平日的關係，幾乎了無人煙。

也許是在晚餐的餐廳喝了一點葡萄酒的關係，我們很自然地就牽著彼此的手。

「大輔先生，今天玩得開心嗎？」

她愉快地問了我這個很直接的問題。她曾經說過自己不會喝葡萄酒，所以也許是喝醉了。

「很開心。」我一回答完——

「我也很開心！非常開心！」

她就以開朗的聲音說。接著噘起嘴唇，開始吹起那個笨拙又沙啞的口哨。她這個習慣難得出現在專注看書之外的場合。

比看書開心嗎？——我的腦海中浮現這個問題，但是我沒問出口。

還有一個問題一直哽在我喉頭——當我們在段葛遇到篠川智惠子時，如果我沒有喊住栞子小姐，又會發生什麼事呢？她是不是會就此接受母親的邀請，和她一同踏上追逐亂步的夢幻原稿之旅呢？

假使下次又發生同樣情況，到時候她會為了我放棄嗎？難保她不會就此失去蹤影。就像她母親做過的一樣。

篠川智惠子現在人在哪裡，我們完全不知道。被栞子小姐拒絕後，她立刻趕往鎌倉車站。結果我們也不清楚她究竟有沒有追上那位帶著親筆原稿，而不是畫作旅行的女子。

臨去時，篠川智惠子對我露出如刺般的冰冷視線，我大概一輩子也忘不掉。她就像是要把我的一切留在記憶中一樣。

現在想來，我想她回到鎌倉的理由之一就是為了栞子小姐。她應該也想要一位能讓自己用上所有知識和想法、全力爭辯的夥伴，若那是自己的親生女兒就更完美了。

結果我阻止了她的計畫，我也許惹火了那個神祕的女人。總覺得總有一天她會再度出現在我們面前。小心一點總是好事。對於她，還有其他必須注意的事。近期我會找人談談——

「大輔先生，你在聽嗎？」

栞子小姐稍微偏著頭，湊近看著我的臉。也許是拐杖的關係，她的姿勢變得很不穩定。

「對不起。妳說了什麼？」

「我說我還想再來。」

同樣的話再說一次大概很難為情吧。她靦腆地低著頭。醉意雖然稍微退了，我們仍然沒有放開彼此的手。

「……我也是。」

我一邊感受著手心的溫度，一邊思考。這隻手不一定會總是待在我能夠碰到的距離。我必須把自己的想法好好告訴她。

「栞子小姐。」

我們在步道的小鐵橋上停下腳步。今晚無風，是個如春日般溫煦的平靜夜晚。

「請和我交往。」

雖然說話不及她解謎時的流暢，不過我想我已經盡力清楚表達了。

「我一直很喜歡妳。」

終章

即將打烊的傍晚時分，文現里亞古書堂裡靜悄悄的。

正在將收銀機裡的零錢移到數錢盒的我，抬起頭看看鐘。

栞子小姐不在店裡。她因為主屋工程的事要和建築師商量，所以出門了。或許是不想和我碰面吧。自從我表白到現在已經過了三天，她還沒有回覆。

篠川文香也還沒有結束社團活動的練習回來。這棟建築物裡只有我一個人。正當我想時間差不多了，店外突然響起腳踏車煞車的吱嘎聲。過了幾秒，志田穿著和上次一樣的背心和長袖T恤打開拉門走進來。

「圓覺寺的櫻花差不多快掉光了……唷，你還是那副無精打采的樣子啊。」

他開朗地說著，同時走近櫃台。今天沒有帶任何東西。他是過來找我的，所以這樣很正常。

「今天早上回到我的狗窩，發現有人寫信給我，我嚇了一跳。」

「不好意思，害你特地跑一趟。」

我向他道歉。昨天晚上我拜訪了志田住的橋下，他卻正好不在，我只好留下字條。

「怎麼了？你說有事情只想和我單獨聊聊。要找我商量什麼？」

「不是商量……有個東西想請你看一下。」

我從抽屜裡拿出對折成兩半的白色小卡片。那是昨天向一人書房的井上借來的。

「這是什麼？耶誕卡嗎？」

「……去年耶誕節，篠川智惠子女士寄給一人書房井上先生的卡片。」

我打開卡片讓他看看內容。

「井上太一郎先生：

你那邊是否變冷了？

請不要每次見到我家女兒時都嚇壞她。

現在在我們店裡工作的五浦大輔為人似乎很不錯，跟他好好相處吧。

可惜聽說他無法看書。」

「……卡片怎麼了嗎？」

「文香去年一直持續寫電子郵件給自己的母親。就像在寫每天的日記一樣，向她報告這邊的近況……因此我們一直以為洩漏我們資訊給智惠子女士的人是她。可是這樣一來這張卡片的內容就不合理了。

前陣子，我們和志田先生三個人不是曾經在主屋的廚房裡聊天嗎？……文香不曉得一人書房的存在，因此根本不可能知道栞子小姐與井上先生交惡的事。至少，智惠子女士也從其他人那兒得到了資訊。」

志田愣愣地聽著我說話，不過在我喘口氣的時候，他一臉困惑地開口插嘴：

「我聽不懂耶……這件事情和我有關係嗎？」

「是的。」

我點點頭繼續說。

「智惠子女士應該是直到最近仍然有和那號人物聯絡。前陣子，我們接到住在雪之下的人委託……」

「啊啊，這件事我聽過，就是這裡的姑娘說的。」

「結果她也出現在那個房子裡……可是，當時應該幾乎沒有人知道那樁委託。委託人就不用說了，幾乎所有相關人士都有不希望聲張這件事的理由。我一直在想，究竟是誰洩漏的？……」

「然後結論呢？是誰？我最受不了別人慢吞吞啦。」

「志田先生。」

我叫了他的名字。

「志田先生才是篠川智惠子真正的資訊來源吧？志田先生能夠進出一人書房，也知道栞子小姐與井上先生的關係。你一直和她有聯絡吧？……大概是比我開始在這家店裡工作還要更早之前。」

「喂喂。」

志田圓溜溜的大眼睛變得更圓。

「你也知道我住在什麼樣的地方吧？我住在橋下耶。連手機也沒有，這是要我怎麼和一個不在日本的人聯絡啊？」

「去網咖就可以使用網路聊天室或電子郵件了。你不也說過自己經常用網咖代替大眾澡堂？前陣子你說要去洗澡所以急著回去，也是為了和那個人聯絡，不是嗎？」

現場一陣沉默。我準備迎接對方的反駁。

志田凝視著某一點沉思著，最後終於尷尬地摸摸剃光的腦袋。明明是我自己主動追究這件事，我卻還有一半的心情是難以置信。沒想到篠川智惠子和這個人會在背地裡聯絡。

「……以前我也經常在這家店買書。雖然都只透過型錄郵購。」

「咦！」

我大叫。背取屋也擁有一定的知識，因此他曾經是舊書店的常客，我認為也很合理，但我想都沒想過他曾經透過我們書店買書。既然是郵購的客人，就是篠川智惠子管轄的範圍了。

「所以你才和那個人變熟……咦？可是顧客名冊上沒有志田先生的名字……」

「哎，這部分你就別深入追究了。一方面有很多原因，再加上也會給這間店帶來麻煩。」

志田意味深長地露出雪白牙齒。這樣啊——我心想。也就是志田這個名字不一定是本名。

「可是，你為什麼要聽那種人的話呢？」

志田的眉毛撇成八字型。

「我明白你的心情，不過對我來說，她不是『那種人』……而是我的恩人。」

「……恩人？」

「因為沒有智惠子小姐，我本來也不再從這家店購買舊書了……和她重逢是在大約三年前。之前好像稍微提過吧，我把工作和家庭搞得一團糟……如果你們知道詳情的話，我在你們心中大概也會被歸類成『那種人』。總之我受夠了，因此決定放棄一切前往台灣。」

「台灣？」

「我在那兒有以前認識的門路。說明我就省了，總之那傢伙害得我被捲入麻煩，需要一點現金，可是當時的我付不出來。就在我走投無路的時候，突然遇到她……她聽我傾訴了好久。然後，她二話不說就幫我出需要的錢和回日本的機票，還給了我一本她長久以來一直很珍惜的書。」

「……書？」

「你也知道吧，就是那本《拾穗．聖安徒生》，小山清的。」

我說不出話來了。那是志田最寶貝的一本書。原來它原本是篠川智惠子的啊——我們在不知情的情況下到處找尋的那本書，居然原本屬於那個女人。

「那麼，當那本書被偷時……你來店裡告訴我們這件事，是為了讓我們幫忙找嗎？那也是刻意策劃的嗎……」

「哪有可能？那只是巧合。」

志田在自己面前用力揮了揮手。

「我原先不清楚智惠子小姐在這家店裡做些什麼……當然我也不知道這裡的大姊擁有解決這類問題的『才能』。不過，建議我如果想要找到那本書，最好到這家店裡尋求協助的人就是她。書能夠順利找到，我很感謝，不過心裡總覺得不太舒服。所以我才會給你忠告。我認為處理那類事情的手腕太過高明的話，最後搞不好會和智惠子小姐一樣離開這個家。」

也就是說，他是顧及到篠川智惠子的事才會給我那番忠告嗎？這種事情我在當時根本不可能會想得到。

「那個人，哎，的確並非天生的好人……不過呢，我認為她也不是壞人。我不知道你們怎麼看，但她拜託我的也不是什麼大事。她只是叫我有空時幫忙看看在這裡的家人過得怎樣了，然後告訴她而已。

智惠子小姐過去偶爾會和丈夫聯絡，不過丈夫似乎瞞著她自己生病的事。她也擔心其他家人，所以很想知道消息。這種委託，我當然會接受。」

我覺得過去不知道的篠川智惠子的另一面，似乎逐漸變得清晰。原來她過去也有和自己的丈夫聯絡啊？怪不得她沒有離婚，直到現在仍舊使用篠川這個姓氏。

「不過，她不是一直無視文香寫的電子郵件嗎？真的擔心的話，應該至少會回信……」

「我說你啊，稍微動動腦袋嘛。」

志田一臉不耐煩地說。

「她離家出走已經是十年多前的事了。小姑娘寫電子郵件給她，也是去年或者前年開始的吧？已經隔了這麼多年，當然會忘記確認那個電子信箱的郵件吧？」

「啊……」

這麼說來，的確有可能。

「意思也就是她沒看囉？」

「那個電子信箱似乎原本只是為了用來和女兒聯絡才申請的。工作上沒有使用，所以她也沒發現女兒有寫信來。大概是回來這個家的前幾天才匆匆忙忙閱讀累積在伺服器上的郵件吧？」

（全都讀過了……因為有些原因，所以我無法回信。）

被問到是否一直都有看信，篠川智惠子沒有回答一直都有看。而原因就只是因為她不曉得有那些信的存在嗎？

「既然如此，為什麼不直說呢？」

「大概覺得這不能夠當作藉口吧。她明白自己不在的這十年有多沉重。她也是以她自己的方式在替家人著想。」

我想起篠川智惠子邀請栞子小姐一起去旅行時的模樣，然後也想起她看著我的冰冷、帶刺的視線。她或許是在為家人著想，不過或許和一般人想像的東西完全不同——我覺得那是更強烈、更激烈的情感。

「說起來她為什麼要離開這個家？既然她那麼為家人著想。」

我開口問，志田馬上轉開視線，似乎不願回答。

「你知道原因？」

「詳細情形不清楚……不過，你別告訴其他人。她曾經交待我別說。」

我默默點頭。

「原因是書。」

「書？」

我忍不住反問。是啊——志田說。

「聽說她是為了追尋某本書才離家出走。不夠瘋狂還無法得手、很了不得的舊書……她現在似乎還在找尋那本書。」

聽見平交道的警示音響起，我們兩人都緘口不語。

店外，黑夜即將開始。我看見電車緩緩滑進西沉太陽籠罩的車站月台。

後記

寫完第三集時，我就決定了下一本要寫江戶川亂步。這樣的故事要寫成短篇很困難，所以就寫長篇吧。而且江戶川亂步又不是完全陌生的作家，反正船到橋頭自然直——我帶著如此天真的心情開始真正閱讀資料，是去年五月的事。

上一集的後記中我曾經寫到「下一集應該會在冬天出版」，我原本以為十二月應該來得及發行。哎，因為我估算入秋時差不多會寫完吧。

沒想到撰寫這篇後記時，已經是一月了……結果這本書成了我到目前為止花最多時間才完成的作品。

「又不是完全陌生的作家」——我相信有不少日本人對於亂步都有同樣想法。小學時熱衷閱讀《少年偵探：江戶川亂步全集》的人更是如此吧。他對於我來說，也是從小就熟悉、讓人有些懷念的作家。豈料調查工作一開始，就遇上一堆我第一次知道的有趣小故事，因而漸漸對於自己的無知感到羞愧。對我來說寫這本書的過程是難以忘懷的愉快時光，如果沒有截稿日的話。

總之，這本書能夠在冬天出版，我也鬆了一口氣。接下來就只能祈禱讀者們也能夠覺得這一集很有趣了。

《古書堂事件手帖》的第一集出版到現在已經將近兩年。故事改編成電視劇、海外版發行等好消息不斷傳來，大幅改變了我的生活。話雖如此，在這份工作上我必須做的事情還是一樣。事先調查、擬定架構、寫作、修改——都是些瑣碎而索然無味的工作。

儘管如此，我仍舊很感謝自己在這個未來難以預料的時代裡，能夠靠這份工作餬口。今後也將腳踏實地的完成每項工作。

這次的作品也得到許多人的幫助。特別感謝立教大學江戸川亂步紀念大眾文化研究中心的各位、八木書店的工作人員、保險箱和鑰匙博物館的各位，由衷感謝您們提供我寶貴的意見。

這個故事也差不多進入後半段了。如果各位能夠繼續閱讀到最後，將是本人最大的幸福。

三上　延

參考文獻（省略敬稱）

新保博久、山前讓編《江戶川乱步全集》（光文社文庫）
《江戶川乱步全集》（桃源社）
《少年偵探：江戶川乱步全集》（POPLAR社）
《少年偵探：江戶川乱步全集》（光文社）
《日本偵探小說全集2：江戶川乱步集》（創元推理文庫）
江戶川亂步《怪人二十面相》（大日本雄辯會講談社）
江戶川亂步《少年偵探團》（大日本雄辯會講談社）
江戶川亂步《妖怪博士》（大日本雄辯會講談社）
江戶川亂步《大金塊》（大日本雄辯會講談社）
江戶川乱步《創作偵探小說集第一卷：心理測驗》（春陽堂）
江戶川乱步等《江川蘭子》（博文館）
江戶川乱步《貼雜年譜》（講談社）
偵探嗜好協會編《創作偵探小說選集 復刻版》（春陽堂）

《新青年 復刻版》（書之友社）
紀田順一郎《亂步彷徨 為什麼能夠繼續讀下去？》（春風社）
濱田雄介編《子不語的夢 江戶川亂步小酒井不木 往復書簡集》（亂步開倉委員會）
平井隆太郎《亂步的軌跡：從父親的貼雜帖開始》（東京創元社）
平井隆太郎《塵世的亂步：對於父親江戶川亂步的回憶》（河出書房新社）
平井隆太郎監修．新保博久編《江戶川亂步專輯》（河出書房新社）
別冊太陽《亂步的時代：昭和情色．詭異．無常識》（平凡社）
別冊太陽《偵探．詭異的摩登風格》（平凡社）
神奈川近代文學館編《大亂步展目錄》（神奈川文學振興會）
新保博久、山前讓編著《幻影之藏——江戶川亂步偵探小說藏書目錄》（東京書籍）
平井隆太郎、中島河太郎監修《亂步文獻資料書》（名張市立圖書館）
平井隆太郎、中島河太郎監修《江戶川亂步執筆年譜》（名張市立圖書館）
平井隆太郎監修《江戶川亂步著書目錄》（名張市立圖書館）
中島河太郎《江戶川亂步——評論與研究》（講談社）
小松史生子《亂步與名古屋》（風媒社）
黃金骷髏會《少年偵探團讀本》（情報中心出版局）

堀江秋子編《江戶川亂步與少年偵探團》（河出書房新社）
串間努《少年偵探手冊　完全復刻版》（光文社文庫）
橫溝正史《偵探小說五十年》（講談社On Demand）
橫溝正史《本陣殺人事件》（角川文庫）
小林信彥編《橫溝正史讀本》（角川文庫）
小林信彥《回想的江戶川亂步》（METAROGU）
小林信彥《冬之神話》（講談社）
日本點字委員會編《資料所見的點字標記法變遷》（日本點字委員會）
若山滋《遊蕩的空間　中村遊廓的風雅與摩登》（INAX股份有限公司）
舊摩根宅之書編輯部《舊摩根宅是這樣保留下來》（舊摩根宅保護會）
中島河太郎／日本推理作家協會編《偵探小說辭典》（講談社文庫）
福井健太《本格懸疑鑑賞術》（東京創元社）
八木福次郎《古本便利帖》（東京堂出版）
出久根達郎《作家的價值》（講談社）
安野光雅《旅行繪本》（福音館書店）

※本書中出現之江戶川亂步作品中譯名，主要參考「獨步文化」已出版作品之譯名。

輕文學 Light Literature

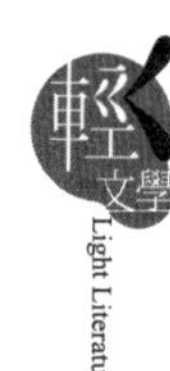

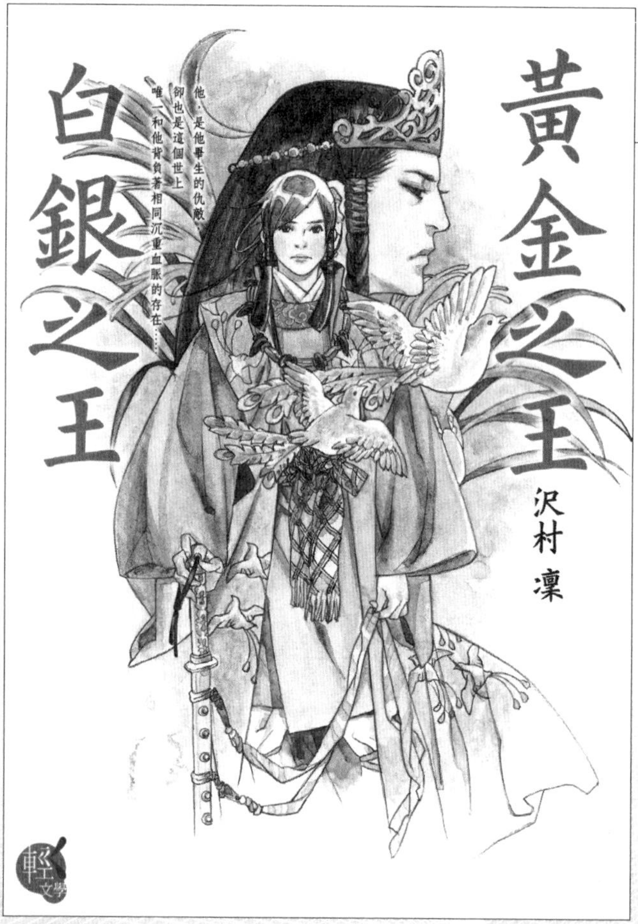

八年前，吹撫荻之原的一陣風，揭開了命運的序曲。
八年後，一個決定，將使兩人步上無從想像的未來——

黃金之王 白銀之王

沢村 凜／著　許婷婷／譯

百餘年來，翠國持續著戰亂，鳳穐和旺廈兩大氏族不斷爭奪霸權，流淌於兩族血液中的，是濃厚的「仇恨」……！統御兩族的首領——薰衣和穭，他們為彼此畢生的仇敵，然而，為了完成自身所應為之事、為了統率、守護、培育翠國，決心放下仇恨，邁向前人未曾想過的嶄新道路！

定價：NT$360/HK$98

凝望世間千年的姬神，
她真實的願望究竟是——

荻原規子
Noriko Ogiwara

RDG
瀕危物種少女
4
世界遺產少女

RDG 瀕危物種少女 1~4

荻原規子／著　許金玉／譯

內向害羞、與世無爭的泉水子，姬神附身的體質不但為她和深行的人生掀起波瀾，就連看似平凡的鳳城學園祭，也籠罩上一層關乎全人類未來命運的暗雲——迷惘、思慕、絕望與成長，融合神話與現代的和風奇幻故事，即將迎向最高潮！

定價：NT$240~260/HK$68~75

國家圖書館出版品預行編目資料

古書堂事件手帖 . 4, 栞子與雙面的容顏 /
三上延作 ; 黃薇嬪譯 .
-- 初版 . -- 臺北市 : 臺灣角川 , 2014.03
面 ;　公分 . --（輕 . 文學）

譯自 : ビブリア古書堂の事件手帖 . 4,
　　～栞子さんと二つの顔～
ISBN 978-986-325-669-4(平裝）

861.57　　102020212

古書堂事件手帖 4 ～栞子與雙面的容顏～

原著名＊ビブリア古書堂の事件手帖 4 ～栞子さんと二つの顔～

作　　者＊三上 延
插　　畫＊越島はぐ
譯　　者＊黃薇嬪

2014 年 3 月 20 日　初版第 1 刷發行
2019 年 9 月 5 日　初版第 4 刷發行

發 行 人＊岩崎剛人
總 經 理＊楊淑媄
資深總監＊許嘉鴻
總 編 輯＊呂慧君
主　　編＊李維莉
設計指導＊陳晞叡
印　　務＊李明修（主任）、張加恩（主任）、張凱棋

台灣角川

發 行 所＊台灣角川股份有限公司
地　　址＊105 台北市光復北路 11 巷 44 號 5 樓
電　　話＊（02）2747-2433
傳　　真＊（02）2747-2558
網　　址＊http://www.kadokawa.com.tw
劃撥帳戶＊台灣角川股份有限公司
劃撥帳號＊19487412
法律顧問＊有澤法律事務所
製　　版＊尚騰印刷事業有限公司
I S B N＊978-986-325-669-4